Weihnachten im Tresor

und

vier *unglaubliche* Geschichten

von

Ulrich Markwald

©2024

IMPRESSUM

Bibliografische Information der Deutschen Nationalbibliothek:
Die Deutsche Nationalbibliothek verzeichnet diese Publikation in der Deutschen Nationalbibliografie; detaillierte bibliografische Daten sind im Internet über http://dnb.dnb.de abrufbar.
Die automatisierte Analyse des Werkes, um daraus Informationen insbesondere über Muster, Trends und Korrelationen gemäß §44b UrhG („Text und Data Mining") zu gewinnen, ist untersagt.

Lektorat /Korrektorat: Margarita Pflaum, Daniel Markwald, Esther Schramm, Jan-Lukas Pflaum
Umschlaggestaltung, Illustration: Jan-Lukas Pflaum und Ulrich Markwald, mit Unterstützung von Microsoft Image Creator
Internetpräsenz: Daniel Markwald, Düsseldorf

Verlag: BoD · Books on Demand GmbH, In de Tarpen 42, 22848 Norderstedt
Druck: Libri Plureos GmbH, Friedensallee 273, 22763 Hamburg

ISBN: 978-3-7597-8006-5

„In der Theologie ist es ja so, dass oft gesagt wird,
es ist eine Auszeichnung des Menschen,
dass Gott Mensch wird.
Ich würde eher das Gegenteil vermuten, es ist
eigentlich eine Notaktion,
weil der Mensch… im Begriff ist,
die irdische Schöpfung kaputtzumachen,
und deshalb wäre Weihnachten wichtig.“

Kurt Marti (1921 - 2017)

Schweizer Pfarrer,

Schriftsteller und Lyriker

Vorwort

Weihnachten selbst wäre schon Wunder genug. Doch in der Weihnachtszeit geschehen immer wieder neue Wunder, so erzählen es zumindest manche Menschen. Sie sagen, es sei wie ein Wunder gewesen. Vielleicht auch einfach nur wunderbar. Oder etwas Besonderes. Auf jeden Fall an Weihnachten.

Unzählige Weihnachtsgeschichten zeugen davon – außer der einen, der aus dem Lukasevangelium[1]. Diese Geschichte ist großartig, aber eher nüchtern: „Sie gebar ihren ersten Sohn, wickelte ihn in Windeln und legte ihn in eine Krippe." Fertig.

Das ist den Menschen schon immer zu wenig gewesen. Sie wollten sich dieses Wunder besser vorstellen, tiefer verstehen können. Immerhin heißt es doch, der *Sohn Gottes* sei auf die Welt gekommen, weil er die Menschen liebt. Warum er allerdings als kleines, schwaches Baby kam, bleibt uns wahrscheinlich bis ans Ende der Welt ein Geheimnis.

Deshalb haben die Menschen im Laufe der Jahrhunderte Gedichte, Erzählungen, Märchen, Lieder, Oratorien, Filme, Serien, Hörspiele und Hörbücher über Weihnachten geschrieben, gesungen, aufgeführt, gefilmt und erzählt. Weihnachten zeigt, dass wir die Hoffnung auf die Rettung der Welt und der Zukunft nicht aufgegeben haben. Auch wenn es damals eine „Notaktion" war, wie Kurt Marti schreibt, scheint es mir, dass diese Not auch heute noch besteht.

Weihnachten im Tresor

(In dieser Geschichte verstecken sich Weihnachtslieder)

Es war einer dieser Tage, an dem mehrere kleine Zufälle gleichzeitig eintraten. Diese Ereignisse spielten sich in einer altehrwürdigen Bank in einem bekannten Kurort ab. Obwohl die Bank modern ausgestattet war, befand sie sich in einem prachtvollen alten Gebäude, das durch eine klassizistische Fassade und kunstvolle Stuckverzierungen im Inneren beeindruckte.

Leise rieselte der Schnee seit den frühen Morgenstunden. Dichte Flocken fielen aus schweren grauen Wolken und legten sich wie ein weicher, weißer Teppich auf den Gehweg und die gesamte Stadt. Der alte Bau aus dem 19. Jahrhundert hatte solche Szenen schon unzählige Male erlebt, besonders die vielen langen, dünnen Eiszapfen, die sich gern an den ausladenden Fenstersimsen bildeten. Auch der Filialleiter blickte jetzt staunend darauf, jedoch nicht auf den Weg vor sich. Er bemerkte nicht, dass der Gehweg ungeräumt war, und ahnte nicht, was nun unvermeidlich geschehen musste.

Hannah kramte verzagt in ihrer Handtasche nach den kleinen Kerzen. Sie durften nicht zu groß sein und auf keinen Fall rußen, damit der Rauchmelder nicht losging. Anfang dreißig, ganz in Schwarz gekleidet, sah sie aus wie ein Schatten ihrer selbst. Ihr graukariertes Kopftuch schützte ihre wilden blonden Locken vor den tanzenden Schneeflocken.

Jedes Jahr im Dezember kam sie hierher, in diese Bankfiliale. Immer wenn Sie die Bank betrat, stürzten die Erinnerungen an ihren verstorbenen Mann auf sie ein.

Ein Ritual der Trauer führte sie in den Tresorraum, wo sie für kurze Zeit allein sein konnte. Sobald sie sicher war, dass niemand zusah, entzündete sie behutsam eine kleine Kerze. Die Flamme flackerte still, während ihre Tränen unaufhaltsam flossen. An Weihnachten schmerzte sein Verlust besonders. Die Feiertage erinnerten sie an die stillen, innigen Momente ihres gemeinsamen Lebens, das viel zu kurz gewesen war. Seine Abwesenheit hinterließ eine schmerzhafte Lücke, die scheinbar nichts und niemand füllen konnte.

Hannah war schon die Erste heute morgen in der Bank. Die stellvertretende Filialleiterin kannte sie, öffnete den Tresorraum und das Schließfach der Kundin, bevor sie schnell wieder in ihr Büro eilte, wo sie sich einen Tee aufgebrüht hatte. Zum Trinken sollte sie allerdings nicht mehr kommen.

Christina und Marius waren ein ungewöhnliches Geschwisterpaar, beide 26 Jahre alt, aber keine Zwillinge. Die Erklärung dafür war so unwahrscheinlich wie verblüffend: Ihr Vater hatte gleichzeitig innige Beziehungen zu zwei Frauen gepflegt, die beide neun Monate später am selben Tag entbanden. So waren die Kinder eigentlich Halbgeschwister.

Aufgewachsen in verschiedenen Familien und weit entfernten Städten, sahen sie sich jedoch selten. Aber einmal im Jahr trafen sie sich in dieser Bank. Schon auf der Fahrt dorthin spürten sie, dass dieses Treffen ein Besonderes werden würde.

"Papa, lass uns wieder in den Tresor gehen," bat die kleine
Sofie mit glänzenden Augen, "da ist es immer ein bisschen gru-
selig." Sie lachte gespielt mutig. Ihr Vater, Tobias Morgenstern,
ein sportlicher Mann, Anfang vierzig, mit vollem, aber bereits
ergrauendem Haar, besaß ein Schließfach in der örtlichen
Bank. Da er mit Goldmünzen und Medaillen handelte, wollte er
die wertvollsten Stücke über die Feiertage lieber sicher ver-
wahrt wissen.

Einige Male schon hatte er seine achtjährige Tochter mitgenommen, die den Tresorraum wie ein kleines Abenteuer
erlebte. Der Raum war ungewöhnlich groß. 20 Kinderschritte
bis zur Ecke, dann noch einmal 25 Schritte um die Ecke herum.
In der Breite waren es nur jeweils 12 Schritte. Im hinteren Teil
stand in der Mitte noch ein alter Tresorschrank, den die Bank
für interne Unterlagen nutzte. Davor befand sich ein schwerer
Metallisch, auf dem die Kunden ihre Kassetten und ihre Schätze
ablegen konnten.

Jedes Mal bewunderte Sofie die massive Stahltür mit den
dicken Scharnieren und den runden Bolzen, ebenso wie die
vielen unterschiedlich großen Schließfächer. Sie versuchte sich
vorzustellen, welche Schätze die Leute wohl in ihren Fächern
verborgen hielten. An diesem Tag sollte sie ein wenig mehr von
diesen Geheimnissen erfahren.

Nach dem Tod ihres vermögenden Vaters hinterließ er Christina und Marius ein beträchtliches Erbe. Doch er stellte ihnen
eine besondere Aufgabe: Jedes Jahr an Weihnachten durften sie
nur einen schwarzen Samtbeutel aus dem Schließfach entneh-
men und mussten den Inhalt teilen. Jahr für Jahr erwartete sie
eine neue Überraschung. Seit acht Jahren zog sich diese Tradi-
tion durch ihr Leben. Manchmal fanden sie Goldmünzen, ein

anderes Mal Brillanten oder einen Code für Bitcoins. Sie hätten das gesamte Erbe auf einmal an sich nehmen und verkaufen können, doch das jährliche Ritual war ein spannendes Erlebnis, auf das sie nicht verzichten wollten.

Es gab noch viele Beutel, und diese halfen ihnen, Studium, Ausbildung und vieles mehr zu finanzieren. Im Laufe des Jahres sahen sich die Geschwister nur selten. Marius, groß und drahtig mit langem, dunklem Haar, führte ein sportlich aktives Leben. Christina hingegen kämpfte oft mit Unsicherheiten wegen ihrer vollschlanken Figur, doch ihre natürliche Schönheit blieb unbestritten. Sanft umrahmten kastanienbraune Haare ihr Gesicht, und ihr stilvolles Auftreten unterstrich ihre Anmut.

Weihnachten war die Zeit, in der sie zusammenkamen, verbunden durch das Erbe ihres Vaters und die geheimnisvollen Beutel, die ihnen immer wieder neue Überraschungen bescherten. Beide standen sich nicht besonders nahe, doch jedes Jahr zur Weihnachtszeit fanden sie wieder zusammen. Was würde wohl diesmal auf sie warten?

Schon mit der Adventszeit begann das Rätselraten von Neuem: Was mochte im Beutel sein? Und diesmal stießen sie auf ein weiteres Geheimnis. Unter den ganzen Beuteln im Schließfach fanden sie einen kleinen, bisher unentdeckten hellbraunen Umschlag.

Die Geschwister baten Frau Knudsen, kurz nachdem Hannah den Tresorraum betreten hatte, um Zugang zu ihrem Schließfach. Die stellvertretende Filialleiterin delegierte dies an eine Mitarbeiterin und vergaß zu erwähnen, dass sich bereits jemand im Tresorraum befand. Der Raum in dem alten Gebäude aus dem 19. Jahrhundert war um die Ecke gebaut, sodass man vom Eingang nicht sehen konnte, ob schon jemand darin war. Dazu hätte man bis zur Ecke hineingehen müssen.

Die Kunden wollten meist ungestört mit ihren Schätzen umgehen. Wenn mehrere zur gleichen Zeit kamen, gab es allerdings noch Ausweichmöglichkeiten in zwei Besprechungszimmer. Doch bevor Frau Knudsen eine Notiz am Schlüsselschrank anbringen konnte, passierte das Missgeschick mit dem Direktor. Deshalb bemerkte niemand, dass schon jemand mit einer Urne und einer Kerze im hinteren Teil des Tresorraumes weilte.

Bankdirektor zu sein ist ein angenehmer und angesehener Beruf. Man ist Chef vieler Angestellter, verwaltet immense Geldsummen und trägt Verantwortung für anvertraute Vermögenswerte und das Personal. Frank Wehrmann war zwar offiziell nur Filialleiter, doch er genoss es, in seinem altehrwürdigen Gebäude den Boss zu spielen. Am liebsten hätte er in seinem Büro Zigarre geraucht, weil er fand, das passte perfekt zu seiner Rolle.

Doch selbst für einen Boss gibt es unangenehme Momente: Auf schneeglattem Pflaster ausrutschen zum Beispiel. Und dann auch noch an Heiligabend. Genau das widerfuhr ihm, als er an diesem Morgen gegen 9 Uhr die Bank betreten wollte. Er freute sich bereits darauf, von seinen Mitarbeiterinnen wie üblich mit „Guten Morgen, Herr Direktor" begrüßt zu werden. Vielleicht schaute er zu lange auf die Eiszapfen und übersah dabei den Schnee auf dem leicht abschüssigen Eingang. Oder er hielt seine Nase zu hoch. Auf jeden Fall war der Schnee noch nicht geräumt, und so rutschte Direktor Frank Wehrmann aus. Seine Aktentasche flog in die Luft und er schlug mit dem Hinterkopf auf die beschneiten, aber dennoch harten Steinplatten auf.

Zwar rappelte er sich sofort wieder auf, doch als er den Schalterraum betrat, sah er aus wie ein verwirrter alter Schneemann. „Wo...Woher kommt der Baum mit den vielen Lichtern?" stotterte er. Hatte der gestern schon da gestanden oder sah er nach dem Sturz Sterne?

Seine Angestellten waren so besorgt über seinen Zustand, dass sie sofort den Krankenwagen rufen wollten. Filialstellvertreterin Frau Knudsen entschied jedoch, ihn trotz seiner Proteste nach Hause zu fahren. Dort sank er, wie er war, auf ein Sofa und summte verwirrt vor sich hin: „Oh Tannenbaum, oh Tannenbaum..." Frau Knudsen informierte seine überraschte Gattin und empfahl dringend, ein Krankenhaus aufzusuchen. „Mit einer Gehirnerschütterung ist nicht zu spaßen", mahnte sie.

Kurze Zeit später wurde dann der Bankkaufmann Kieseherz von Tobias Morgenstern und seiner Tochter Sofie angesprochen, um an sein Schließfach zu gelangen. Sie öffneten gemeinsam das Fach und als der Angestellte die Geschwister im Tresorraum sah, nutzte er die Möglichkeit, einen Besprechungsraum zu belegen, sehr zum Verdruss von Sofie. Diese quengelte: „Aber Papa, ich wollte doch so gern im Tresor herumlaufen."

Hannah führte ein äußerst zurückgezogenes Leben. Nach dem Verlust ihres Mannes hatte sie sich zunehmend von Freunden und Kollegen distanziert, da diese größtenteils *seine* Bekannten gewesen waren. Während andere inzwischen Kinder hatten, blieb sie, gar nicht mal ungewollt, kinderlos. Ihre berufliche Tätigkeit im Außenhandel eines Autoteileherstellers ging weiter und half ihr, nicht zu viel über die Lücke in ihrem Leben nachzudenken. Aber immer häufiger hatte sie in der letzten Zeit im Home Office gearbeitet.

Obwohl sie viel Zeit allein verbrachte, fühlte sie sich selbst nicht unbedingt einsam. Vielmehr empfand sie sich als selbstbewusste und aktive Frau. Regelmäßig ging sie joggen und besuchte ein Fitnessstudio. Dennoch vermied sie bewusst soziale Kontakte. Ihre Gefühlslage war dabei nicht von Unzufriedenheit geprägt, doch wirklich glücklich war sie auch nicht.

Schnell hatte Tobias seine Münzen in der Schließfachkassette untergebracht. Um Sofie einen Gefallen zu tun, beschloss er, die Kassette ohne den Bankangestellten, aber mit Sofie, wieder in den Tresorraum zurückzubringen. Er entschuldigte sich bei dem Geschwisterpaar für die Störung, und Sofie durfte die Kassette wieder in das Fach schieben.

Und hier und jetzt, in diesem kurzen Moment, kulminierten mehrere kuriose Ereignisse. Gerade in dem Augenblick, als nun ungewöhnlicherweise fünf Personen im Tresorraum waren, was eigentlich nie vorkam, und auch alle vorhatten ihn gleich wieder zu verlassen, weil ja auch Heiligabend war, da geschah es. Ein Stromausfall legte die Bank lahm.

Die Notbeleuchtung in der Bank sollte sich nun einschalten, aber im Moment gab es gar kein Notstromaggregat. Das befand sich nämlich in Reparatur. Das Licht flackerte kurz auf, dann war es dunkel in der ganzen Bank.

Nun, nicht ganz. Von draußen gelangte ein wenig gedämpftes Dezemberlicht hinein. Aber es war dann doch ziemlich schummerig in den Räumen des ehrwürdigen Gebäudes mit seinen kleinen Fenstern aus dem vorletzten Jahrhundert.

Die fünf Menschen im Tresorraum waren erst einmal überrascht, als das Licht ausging. Als jeder noch Ausrufe machte wie

„Hoppla, „Nanu,“ oder: „Was ist denn jetzt?“ merkten sie, dass sie nicht alleine im Raum waren.

Sie erwarteten, dass das Licht, wenigstens eine Notbeleuchtung angehen würde – tat sie aber aus bekannten Gründen nicht. Es war allerdings doch nicht ganz dunkel. Überraschenderweise brannte in der hintersten Ecke des Raumes, hinter dem alten Tresorschrank, eine kleine Kerze. Alle Augen blickten jetzt dorthin. Die Kerze stand auf einer Art Diskusscheibe. Das kleine Kerzenlicht spiegelte sich überall an den glänzenden Türen der Schließfächer. Man sah darin, wie in dem Nikolaus-Gedicht, „goldene Lichtlein blitzen“.

Hannah war noch ganz in ihrer Trauer versunken. Sie summte gerade leise „Macht hoch die Tür, die Tor macht weit,“ was in den nächsten Minuten paradoxerweise zur Situation passte. Alle waren so erstaunt von dieser Szene, dass niemand bemerkte, dass der Haltemagnet der Tresortür ebenfalls keinen Strom mehr bekam und diese langsam und ohne jedes Geräusch einfach zufiel.

Herr Kieseherz hatte in der Bank alle Hände voll zu tun um die anderen Angestellten zu beruhigen. Doch seine lauten und aufgeregten Worte trugen nicht gerade zur Entspannung der Situation bei. Handys leuchteten hektisch umher. Kerzen auf Adventskränzen wurden angezündet. Jemand hatte eine Taschenlampe gefunden. Aber die ganzen Lichteffekte warfen eher noch mehr Fragen auf: „Was sollen wir jetzt tun? Weiß jemand, wo die Sicherungen sind? Gab es einen Überfall? Sollen wir die Polizei anrufen? Wo bleibt denn nur Frau Knudsen, wenn man sie mal braucht?“

Der Bankangestellte Kieseherz schob später alles von sich. Er hatte gar nicht wissen können, ob noch Personen im Tresorraum waren. Als der Stromausfall geschah, hatte er, wie im Notfallplan vorgesehen, erst einmal alle Kassen geschlossen, die mechanische Geldausgabe mit der Rohrpostanlage gestoppt, die wenigen Kunden im Kassenraum gebeten, die Bank zu verlassen und hinter ihnen abgeschlossen. So konnte niemand mehr hinein und vor allem: Kein Geld hinaus. In dieser Aufregung, dem Gefühl des Eingeschlossenseins, und das ausgerechnet am Heiligen Abend, da dachte niemand mehr an den Tresor und die wirklich Eingeschlossenen. Selbst wenn er in all dieser Aufregung hinunter zum Tresorraum gegangen *wäre*, die geschlossene Tür gesehen *hätte* – ihm wäre nie in den Sinn gekommen, dass sich da noch jemand aufhalten *könnte*.

Nach einer guten Stunde gab es dann wieder Strom. Lampen gingen an, Weihnachtsbaum und Lichterketten illuminierten die Innenräume. Die Server und Computer fuhren wieder hoch. Drucker und Rauchmelder gaben Piepstöne von sich, Kaffeemaschinen starteten mit Spülprogrammen. Eigentlich hätten nun alle erleichtert sein können. Aber es gab neue Aufregungen. Jeder und jede war damit beschäftigt, die verlorene Zeit aufzuholen, die angefangenen Arbeiten fortzuführen und Vorgänge zu beenden, da man heute bereits um 12 Uhr die Filiale schließen wollte. Niemand dachte daran, dass der Stromkreis für den Tresor und die Tresortür nach einem Stromausfall extra wieder eingeschaltet werden musste. Denn nur so konnte der der Haltemagnet, der die Tür offen hielt, sowie die Innenbeleuchtung wieder angehen. Für Herrn Kieseherz war eine solche Situation schlichtweg noch nie vorgekommen.

Sollten sie die Bank überhaupt noch einmal für das Publikum öffnen? Brauchten Leute am Heiligen Abend noch finanzielle Dienstleistungen? Wollten die meisten nicht viel lieber den Weihnachtsmarkt besuchen? Und da niemand vor der Eingangstür stand und um Einlass bat, beschlossen sie auf die stellvertretende Filialleiterin zu warten.

Endlich kam Frau Knudsen zurück und fand die Bank verschlossen vor. Sie hörte vom nahen Weihnachtsmarkt die alte Weise „Was soll das bedeuten...?" Sie musste erst Herrn Kieseherz auf dem Mobiltelefon anrufen um überhaupt die Bank betreten zu können.

Der Schneefall hatte noch zugenommen, niemand den Schnee weggeräumt oder gar gestreut. Vielleicht war auch das der Grund, warum kein Mensch mehr in die Bank wollte. Neugierig betrat sie nun das Gebäude. Der Geldautomat war von außen nutzbar, und eine Geldanlage oder eine Versicherung mochte heute niemand mehr abschließen. Knudsen nahm das Zepter in die Hand, verteilte die Aufgaben, und rechtzeitig um 12 Uhr war alles erledigt: Unterlagen eingeschlossen, PCs heruntergefahren, Weihnachtsgebäck mitgenommen (wegen der Mäuse), Kerzen ausgepustet (wegen Brandgefahr), alles Private eingepackt, (denn über die Weihnachtsfeiertage kam niemand in die Bank, eine Zeitschaltung verhinderte jeden Zutritt). Die Angestellten unterschrieben schnell noch eine gemeinsame Genesungskarte für den Herrn Direktor. Dann begann das Weihnachtsfest langsam näher zu rücken. Alle wünschten sich frohe Festtage, worauf sie auseinander gingen, um die letzten Weihnachtsbesorgungen zu machen und anschließend zu ihren Liebsten zu eilen.

Als die Eingeschlossenen festgestellt hatten, dass es nicht nur kein Licht gab, sondern auch die Tresortür zugefallen war, wurde es still im Tresorraum, ganz still. Alle waren erst einmal sprachlos. Sie horchten, ob sich etwas ereignete, Menschen nach ihnen suchten oder riefen, ob das Licht wieder anginge, die Tür sich wieder automatisch öffnete.

„Es kann ja alles nur Minuten dauern, vielleicht eine halbe Stunde," flüsterte Tobias etwas unsicher.

Irgendwann war die kleine Kerze von Hannah heruntergebrannt. Bevor sie eine neue entzünden konnte, wurden Handys gezückt. Einer nach dem andern verkündete:

„Meine Handy-Taschenlampe funktioniert, aber ich habe hier kein Netz!"

Tobias erklärte sachlich: „Der Stahlmantel des Tresors verhindert wohl das Hinein- und Hinausdringen von elektromagnetischen Wellen. Wir müssen weiter abwarten."

Ein Haustelefon, ein Notschalter, ein Alarmknopf wurden gesucht. Vergebens. Etwas fassungslos setzten sich alle nach und nach auf den Boden, der in dieser alten Bank aus betagtem Eichenholzparkett bestand.

Als erste begann die achtjährige Sofie zu jammern: „Papa, heute ist doch Weihnachten. Ich will nach Hause, und ich hab' Hunger."

Ihr Vater bemühte sich um eine feste Stimme: „Die Tür geht sicher bald wieder auf." Er räusperte sich. „Wahrscheinlich ein Stromausfall, ein Defekt oder so..."

„Und was ist, wenn nicht?" warf Christina ein. „Ich habe gelesen, dass Tresore in Banken mit einer Zeitschaltung gesichert sind. Morgen ist Weihnachten, übermorgen 2. Weihnachtsfeiertag. Dann käme erst in drei Tagen wieder jemand in die Bank. Bis dahin sind wir ..."

„Jetzt mach mal dem Kind keine Angst," beschwichtigte sie ihr Bruder Marius. „Zuerst einmal ist es absolut wichtig, dass wir hier drin Luft haben. Und" – er schaute nach oben – „ich spüre hier, an der Stelle, an der ich sitze, einen leichten Luftzug." Er stand auf und inspizierte den Raum. „Ja, schaut mal da", er leuchtete mit der Lampe seines Handys an die Decke, „da ist ein Gitter, und da kommt ziemlich kühle Luft herein. Vielleicht direkt von draußen."

„Dann muss sie ja auch irgendwo hingehen," meinte Tobias. Er ging auf die Knie und krabbelte an der Wand entlang. „Stimmt, hier ist ein Schlitz, hier kann die Luft wieder entweichen."

„Aber was ist mit Essen?" jammerte Sofie weiter.

Hannah rief: „Ich hab' etwas in meiner Tasche dabei!" Sie öffnete ihre Einkaufstasche. „Schau mal, eine Laugenbrezel, drei Müsliriegel, eine Tüte Gummibärchen, Katzenstreu. Womit möchtest Du anfangen?"

Sofie strahlte: „Gummibärchen. Und Du hast eine Katze?"

„Ja," antwortete Hannah, „sie heißt Morle."

„Aber ist die jetzt allein? Und was ist, wenn Du heute später nach Hause kommst?" fragte Sofie besorgt.

„Ja, das macht ihr nichts aus. Sie kann nach draußen und hat in der Nachbarschaft viele Freundinnen, die sie füttern."

Sofie lächelte verschmitzt in die Runde: „Ihr mögt doch bestimmt keine Gummibärchen…"

„Langsam, langsam," meinte schmunzelnd ihr Vater, „vielleicht muss das für alle und für eine ganze Weile reichen. Hat noch jemand etwas Essbares dabei?"

Schließlich kamen noch zwei Päckchen mit Kaugummis, ein Müsliriegel, ein und ein halber Schokoladennikolaus und zwei Tüten mit Weihnachtsplätzchen zusammen.

Jemand räusperte sich aus einer dunklen Ecke. War da noch jemand? Niemand hatte eine weitere Person wahrgenommen. Ein Mann mit bronzefarbener Haut und hellen Haaren rückte in den Schein der Handylampen. Das Weiße in seinen Augen strahlte mit einem merkwürdigen Glanz. Lag das an den LED-Lampen der Handys? Er griff hinter sich, stand auf und stellte eine große 1,5-Liter Flasche Mineralwasser in die Mitte.

„Wo kommen Sie denn jetzt her?" fragte Christina mit vorwurfsvoller Stimme, „noch mehr Leute in diesem engen Raum und ich kriege Platzangst."

Der Mann zog sich in seine Ecke zurück, setzte sich wieder auf den Boden und nahm den Kopf zwischen die Hände ...

„Ja," rief Sofie, „etwas zu trinken brauchen wir natürlich auch. Danke, lieber Mann! Wie heißt Du denn?"

Aber in der dunklen Ecke blieb es still.

„Also gut," meinte Sofie, jetzt voller Elan. „Wie viele sind wir?" Sie zählte und verkündete dann: „Sechs! Wir teilen jetzt durch sechs. Äh, Papa, wie teilt man durch 6?"

„Wer vermisst uns eigentlich?" fragte unvermittelt Tobias. „Wird nach uns gesucht, wenn wir am heiligen Abend nicht zu Hause auftauchen?"

„Ich leb' ja allein," meinte Hannah, „ich hab' nur meinen verstorbenen Mann, und der ist hier bei mir. Genauer gesagt, das was von ihm noch übrig ist. Ich habe ihn nämlich einäschern lassen. Damals war der Bestatter schon sehr verwundert, als ich ihn fragte, ob er eine Urne in Form einer Diskusscheibe hätte. Das hatte seinen Grund. Ich wusste keinen besseren Ort für die Urne meines Mannes als hier in einem Schließfach. Zu Hause aufbewahren, davor gruselte mir…“

„Jetzt gruselt's mich auch!“ rief Christina dazwischen.

„… und auf dem Friedhof oder im Friedwald wollte ich keine Grabstelle kaufen, einen Garten besitze ich nicht. Hier in der Bank weiß ich ihn sicher und kann mit ihm alleine sein.“ Sie seufzte. „Außer heute.“ Sie schaute in die Runde. Zu Tobias gewandt: „Aber sie haben doch bestimmt Familie.“

„Nee,“ rief Sofie schnell. „Meine Mama ist vor zwei Jahren weggezogen, und wir wissen nicht wohin und warum, und ich war ganz schön lange traurig. Aber mein Papa ist super, der liest mir jeden Abend vor und macht, so oft es geht, mein Lieblingsessen, und das sind Pfannekuchen, ja,“ schwärmte sie,“ mit Apfelmus und Zucker und Zimt…und…“

„Langsam, langsam, Sofie,“ lachte Tobias, „die Leute wollen vielleicht gar nicht so genau wissen, was wir essen.“

„Ja, und was würdet Ihr heute am Heiligen Abend machen?“ wollte Christina wissen.

Ehe Tobias antworten konnte, hatte Sofie schon wieder den Mund geöffnet: „Da gehen wir in die Kirche, und da treffen sich hinterher alle, die sonst alleine wären, eine Weile beim Pfarrer, und da kochen sie dann und singen zusammen Weihnachtslieder.“

„Wie alt bist Du denn, Sofie?“ fragte Marius.

„Ich bin acht, fast schon neun und geh in die dritte Klasse, bei Frau Walter, die ist ganz doll toll. *Die* hätte ich gerne als Mama, aber die ist schon verheiratet, und deshalb…"

Tobias Morgenstern bremste seine Tochter erneut: „Sofie, bist Du sicher, dass die Leute das alles wissen möchten?"

„Ach Papa, meinte sie, Du möchtest doch auch, dass ich wieder eine Mama habe – und eine Frau könntest Du auch gebrauchen…"

Die anderen schmunzelten.

Ruhe trat ein. Nun war jeder ein wenig in Gedanken versunken: Wo gehöre ich eigentlich an Weihnachten hin? Was macht diesen Heiligen Abend für mich so besonders? Erinnert es mich an glückliche Kindertage?

Um die Stille zu überbrücken, meinte Hannah, während sie eine neue Kerze anzündete, zu den beiden jungen Leuten: „Seid Ihr eigentlich Geschwister? Oder ein Paar? Erwartet Euch heute Abend jemand?"

Die beiden schauten sich nicht an, bis Christina meinte: „Wir sind *Halbgeschwister*. Wir haben den gleichen Vater, aber unterschiedliche Mütter und sind tatsächlich am gleichen Tag geboren." Sie machte eine Pause, um das Gesagte wirken zu lassen. „Ich selbst habe keine eigene Familie. Und andere Verwandte leben weit weg. Heute Abend wäre ich eigentlich allein," sie stockte, „hätte mir einen Weihnachtsfilm auf Netflix angeschaut, obwohl ich mir eigentlich nichts aus Weihnachten mache. Meine Freundinnen feiern alle mit ihren Familien oder sind mit dem Freund zum Skifahren gefahren, oder…" Sie begann zu schluchzen und konnte nicht weitersprechen.

Marius saß neben ihr auf dem Boden und nahm sie behutsam in den Arm. „Merkwürdig," flüsterte er, „ich wusste gar nicht, dass Du alleine lebst. Du hättest doch zu mir kommen können." Er machte eine Pause. „Ich selbst lebe in einer großen WG, sieben Leute. Aber die sind jetzt entweder bei Eltern oder ziehen heute Abend gemeinsam um die Häuser, und wenn ich nicht dabei bin... mhm, das würde sie vielleicht wundern, aber keine würde mich so richtig vermissen." Er schüttelte sich, als ob er diesen Gedanken loswerden wollte und starrte betroffen vor sich hin.

„Meint Ihr," fragte Sofie jetzt erstaunt, „wir sitzen hier, und keiner vermisst uns da draußen?" Sie schaute sich aufgekratzt um. „Was ist mit dem Mann in der Ecke? Du..." sie ging etwas näher zu ihm hin, blieb dann aber stehen. Etwas an dem Mann flößte ihr Respekt ein. War es seine blonde Mähne? Sein Blick blieb immer noch zu Boden gerichtet. War es sein kräftiger Körperbau? Unter seinem dünnen weißen Hemd zeichneten sich starke Muskeln ab.

„Du, ich meine Sie... äh, haben Sie einen Namen?" fragte sie jetzt zaghaft.

Er hob den Kopf und schenkte ihr ein sanftes Lächeln. Seine Augen hatten wieder diesen seltsamen Glanz. Es schien, als käme er mit seinen Gedanken von sehr weit her und überlege noch eine Antwort. „Ja," antwortete er schließlich mit einer weichen tiefen Stimme, „ich heiße Ariel."

Sofie machte große Augen, dann prustete sie los: „Arielle, wie die Meerjungfrau?" Ihr Lachen war ansteckend. Auch die anderen lachten mit. „Oder Ariel, das Waschmittel?" setzte sie noch eins drauf.

Der Mann lächelte. Doch dann wurde sein Blick ernst: „Nein,“ meinte er geduldig, „das ist ein ganz alter Name. Ariel bedeutet: *Der Löwe Gottes.“*

Bei diesen Worten begann der Holzboden des Tresorraums zu vibrieren.

„Na sowas,“ meinte Hannah, „was ist das denn? Ein Erdbeben? Oder ob sie jetzt doch festgestellt haben, dass wir hier eingesperrt sind und wollen ein Loch zu uns durchbohren? Ich hab das mal in einem Film gesehen*...“

Tobias darauf: „Ja, den Film kenne ich auch, aber dort wird die Luft knapp und hier, er schaute zum Lüftungsgitter, hier gibt es genug Luft. Allerdings wird sie immer kälter.“

„Vielleicht ersticken wir nicht, sondern erfrieren,“ rief Christina empört aus. „Und wie lange kommt man mit dem bisschen Essen und Trinken aus? Darüber sollten wir jetzt mal nachdenken.“

„Christina!“ rief Marius, „wir denken später darüber nach, ok? Mach uns jetzt keine Angst!“

In diesem Moment sprang eins der unteren großformatigen Schließfächer auf. Alle erschraken.

„Wie ist das denn passiert?“ fragte Sofie aufgeregt, „was da wohl drin ist? Gold? Schmuck? Süßigkeiten? Ein Gespenst?“

Vorsichtig zog Tobias den Kasten heraus, in den locker ein Kind gepasst hätte, öffnete ihn und leuchtete hinein. „Da kommt ihr nie drauf!“ rief er, „hier liegt etwas Unglaubliches ...“

„12 Sekunden bis zur Ewigkeit“ 1957 und Remake: „Zeitsperre“ 1965

Christina unterbrach ihn etwas ärgerlich: „Wie kann das sein, dass ein Schließfach aufgeht? Sind die nicht mit zwei Schlüsseln gesichert?"

„Ja, aber wenn der Kunde oder die Kundin vergisst abzuschließen, dann ist die Tür nur angelehnt, erwiderte Tobias. In modernen Tresorräumen sind die Fächer elektronisch gesichert, da merkt das Personal das sofort. Aber hier scheint alles ziemlich antiquiert zu sein."

„Und das Vibrieren?" fragte Sofie ängstlich.

„Mhm, das war bestimmt die Straßenbahn, Maus, Du weißt doch, dass in der Straße vor der Bank die Haltestelle ist," antwortete ihr Vater.

Christina hielt immer noch den kleinen Umschlag aus ihrem Schließfach in der Hand. Sie zeigte ihn nun Marius und meinte: „Ich hab' scheiße Angst, ihn zu öffnen."

Marius nickte, „aber ungeöffnet lassen", er stockte, „halte ich auch nicht aus."

Christina riss ihn zögernd auf, entfaltete ein chamoisfarbenes Papier. Einen Moment verharrte sie bewegungslos, dann schlug sie die Hand vor den Mund. „Ein Brief von unserem Vater," meinte sie bebend, „ich weiß nicht, ob ich das jetzt lesen kann."

Behutsam nahm Marius ihr das Blatt aus der Hand. Auch er brauchte einen Moment, nachdem er die ersten Zeilen gelesen hatte, um sich zu fassen.

„Was steht drin? Lies doch vor," ermunterte Sofie ihn neugierig.

Er war erst etwas verlegen, die anderen Personen waren ihm ja fremd. Aber vielleicht hatte die Atmosphäre des Eingesperrtseins sie näher gebracht. Zaghaft begann er zu lesen:

Liebe Christina, lieber Marius, meine geliebten Kinder,

Ihr werdet vielleicht immer noch böse auf mich sein, möglicherweise auch nach diesem Brief. Und Ihr habt Recht. Warum konnte ich nicht Teil Eures Lebens sein? Warum konnte ich nicht wirklich Vater für Euch sein? Glaubt mir, ich habe es mir so sehr gewünscht.

Es verhielt sich so: Eure Mütter wollten nicht, dass ich Kontakt zu Euch aufnehme. Sie waren tief gekränkt, dass ich noch eine andere Frau zur gleichen Zeit geliebt hatte, und sie wollten nichts mehr mit mir zu tun haben. Sie befürchteten, ich würde einen schlechten Einfluss auf Euch haben. Sie verboten mir sogar in Eure Nähe zu kommen. Ich hätte zwar mein Vaterrecht einklagen können, aber wäre das gut für Euch gewesen? Da Eure beiden Mütter gleich wieder einen neuen Partner und damit einen neuen Vater für Euch hatten, und es waren, denke ich, gute Väter, da entschloss ich mich, Eure Familien nicht in ihrem Frieden und ihrem Glück zu stören.

Aber ich habe Dich, liebe Christina, und Dich, lieber Marius, immer wieder beobachtet, ohne dass Ihr oder jemand anders es bemerkt hätte. Ich war bei Eurer Einschulung, bei Euren Schulabschlüssen, beim Reiten, beim Sport, bei der Kommunion von Dir, Christina und bei der Konfirmation von Dir, Marius, mit Stolz dabei. Später habe ich Eure Aktivitäten in den sozialen Netzwerken verfolgt und mich immer gefreut, dass Ihr Euch so erfolgreich und vorteilhaft entwickelt habt. Wenigstens materiell durfte ich für Euch aufkommen. Und auch in Zukunft kann ich Euch noch eine Weile unterstützen mit dem, was Ihr im Schließfach findet ...

Nun seid Ihr fast 18 Jahre alt und nehmt Euer Leben selbst in die Hand. Aber ich bin sehr krank und werde Euren 18. Geburtstag wahrscheinlich nicht mehr erleben. Das macht mich unfassbar traurig, denn ich hätte Euch gerne noch einmal in die Augen geschaut

Christina begann hemmungslos zu weinen, und auch ihr Bruder hatte Tränen in den Augen. Alle schwiegen. Was gab es auch zu sagen? Welchen Trost zu spenden?

Inzwischen war es noch kälter geworden. Die Eingeschlossenen hatten ihre warmen Mäntel und Jacken angezogen, die Kragen hochgeschlagen und ihre Schals fest um den Hals gelegt. Nur der Mann in der Ecke schien in seinem dünnen Hemd nicht zu frieren. Er trug eine weite dunkle Hose, aber keinen Schmuck, einfache Sneakers, aber keine Uhr, keinen Ring. Ein leichter, fremdartiger Geruch ging von ihm aus. War es Weihrauch? Eichenholz? Moos? Wie alt mochte er wohl sein? Mal schien er im Licht der Handys 25, dann mehr als 50 Jahre alt zu sein.

„Ariel, frierst Du nicht? Mir ist jedenfalls saukalt," klagte Sofie. „Und ich wär' jetzt so gern zu Hause, da ist es warm, da steht unser kleiner Weihnachtsbaum. Und Papa, das Christkind hat doch bestimmt inzwischen ein paar Geschenke darunter gelegt, oder?" Sie biss sich auf die Unterlippe, sie wollte nicht weinen.

„Was wäre Dein größter Weihnachtswunsch?" fragte Ariel sie freundlich.

Sofie musste nicht lange überlegen: „Mein größter Weihnachtswunsch wäre – eine Mama zu haben, eine ganze Familie

zu sein. Ich will nicht immer nur bei meiner Tante wohnen ...“
Nun flossen doch die Tränen.

Tobias war es peinlich. Musste er sich nicht wie jemand fühlen, der es in zwei Jahren nicht geschafft hatte, seiner Tochter eine neue Mutter zu suchen und eine Partnerin zu finden? Warum hatte er sich immer so in seine Arbeit gestürzt, und dann wieder ins Fitnessstudio? Hatte die Frage verdrängt, was sein Anteil am Verschwinden seiner Frau war? Doch sobald er nachdachte, machte er sich Vorwürfe. Warum hatte er seine Frau nicht halten können? Was hatte er falsch gemacht? Und für Sofie wollte er natürlich da sein, aber Vater und Mutter zugleich – das war nicht leicht... Ja, da wohnte zwar seine Schwester in der Nähe, die mit ihren zwei Kindern Sofie immer wieder mal zu sich genommen hatte...

Hannah, Marius und Christina wurden sich ebenfalls ihrer Einsamkeit bewusst. Sie schauten betrübt vor sich hin, jeder ging seinen schweren Gedanken nach. Was hatten sie aus ihrem Leben gemacht? Hatten sie nicht auch einmal geglaubt, Weihnachten sei das Fest der Liebe, an dem niemand alleine sein sollte? Sollten sich nicht alle warm und geborgen fühlen dürfen? Wieso waren sie mit zig Leuten vernetzt, aber hatten keine
eigene tragfähige Beziehung?

Die Kälte zeigte sich jetzt deutlicher. Wenn sie ausatmeten, sah man kleine weiße Wölkchen im Handylicht. „Mitten im kalten Winter, wohl zu der halben Nacht...“ stimmte Hannah das Lied *Es ist ein Ros’ entsprungen* an, ein Weihnachtslied aus dem 16. Jahrhundert. Tobias fiel leise mit ein.

Hannah umklammerte die Urne. War das alles in ihrem Leben, an dem sie sich festhalten konnte? Sollte sie sich nicht langsam von Urne, Mann und Vergangenheit lösen? Entschlossen stellte sie die Urne auf den Boden.

Nach dem Vorlesen des Briefes fragte Tobias Marius und Christina: „Aber Ihr habt ja beide einen Stiefvater gehabt. War der nicht gut zu Euch?"

Marius erinnerte sich: „Der war halt viel unterwegs, weißt Du, der war kaum für mich da. Als ärztlicher Leiter eines großen Krankenhauses war er ständig unterwegs, hielt Vorträge im In- und Ausland, und wenn er dann mal zu Hause war, wollte er die Zeit mit meiner Mutter genießen. Da blieb für Klein-Marius nicht viel übrig. Also habe ich mich bald aus dem Staub gemacht, bin meine eigenen Wege gegangen und habe später das Studentenleben ausgekostet. Aber immer wieder spüre ich diese tiefe Vater-Lücke in meinem Leben." Er versank wieder ins Grübeln.

Als Tobias Christina aufmunternd anschaute, ging gerade wieder eine der kleinen Kerzen aus. So sprach sie in die Dunkelheit hinein:
„Ich habe mich oft so unvollkommen erlebt, als ob ich nur halb da wäre," sie stockte, „wo war die andere Hälfte von mir? War *ich* schuld daran, dass mein Vater verschwunden war? Auf Marius war ich stets ein wenig wütend, irgendwie eifersüchtig. Ich weiß nicht, warum. Er hatte doch das gleiche Schicksal wie ich. Dabei hat mein Stiefvater sich viel um mich gekümmert, auch, weil keine weiteren Kinder kamen. Vielleicht zu viel gekümmert, ich hatte kaum Raum für mich. Nicht, dass ich ihm nicht dankbar wäre, aber als ich 16 wurde, ist es mir zu dicht, zu eng geworden. Ich zog aus, suchte eine Weile vergeblich nach unserm leiblichen Vater, machte dann eine Ausbildung als medizinisch-technische Assistentin und ..."

...ein lautes Piepen unterbrach sie. Alle erschraken. Hatte jemand eine Verbindung nach draußen bekommen? Ein Alarm? Nein, es war bloß eine Kalender-Push-Nachricht auf dem Smartphone von Marius: „Heiligabend" stand da im Display.

Was wäre wohl *mein* größter Weihnachtswunsch? fragten sich nun auch die anderen...

Sofie saß inzwischen auf dem Boden, hatte ihre Knie angezogen und die Arme fest darum geschlungen. Da war so viel Traurigkeit in diesem Raum, so viel Verzweiflung, die sie fast körperlich spürte. Auf einmal begann sie zu zittern. Hannah nahm sie in den Arm und fragte:

„Sofie, ist Dir kalt? Komm, ich wärme Dich ein bisschen. Möchtest Du meinen Schal haben?"

Aber Sofie zitterte immer heftiger, ein heftiges Schluchzen schüttelte sie. „Ich will hier raus," begann sie zu schreien, „ich will nach Hause, ich will Weihnachten!"

„Sofie," rief ihr Vater hilflos, „beruhige dich!" Doch sie schrie weiter: „Lasst mich, lasst mich hier raus!"

Da ertönte auf einmal ein sanftes, tiefes Summen. Es begann den ganzen Raum zu füllen und das Schreien zu verdrängen. Woher kam es?

Ariel erhob sich langsam. War dieser tiefe Ton von ihm gekommen? Bedächtig kniete er sich vor Sofie nieder. Behutsam hielt er eine Hand über ihren zitternden Kopf und hob den Blick gen Himmel. Für einen Augenblick schien die Decke des Tresorraumes durchsichtig zu werden und der Sternenhimmel offenbarte sich vor ihnen. Staunend folgten die anderen seinem Blick. Allmählich ließ Sofies Zittern nach. Sie schloss die Augen und atmete wieder ruhig. Nach einigen Minuten fiel sie entspannt in die Arme von Hannah, die die ganze Zeit neben ihr gesessen hatte.

Tobias flüsterte: „Mein Gott, bin ich froh, dass Sie da sind." Und er wusste nicht, wen er mehr damit meinte, Gott, Ariel, Hannah oder alle zusammen. Doch gleich kam wieder die Traurigkeit zum Vorschein: „Jetzt ist eigentlich Heiligabend und Bescherung," meinte er bekümmert.

„Schaut mal her," sagte Marius und nahm den Inhalt aus dem kindergroßen Schließfach und stellte zur Überraschung aller eine Krippe aus Holz und Stroh auf den Boden. Christina fand die dazugehörigen Figuren in dem Fach und half ihm diese aufzubauen.

Hannah flüsterte: „Da, in meiner Tasche sind noch ein paar kleine Kerzen." Marius drapierte sie um die Krippe herum und zündete sie an. Ein warmes Licht umfloss nun die kleine Hütte aus Holz und langsam den ganzen Raum und brachte einen Hauch von Weihnachten in den kalten Tresorraum.

„Stille Nacht, heilige Nacht," begann Tobias zu singen. Die andern fielen ein und sangen oder summten leise mit.

Ariel sagte in die darauffolgende Stille: „Kommt her, geben wir uns die Hände." Seine Stimme klang auf eigenartige Weise einladend und ermutigend zugleich.

Zögerlich rückten alle näher zusammen, etwas befangen schauten sie einander an. Sie kannten sich erst seit wenigen Stunden. Und sich nun berühren? Wie von selbst bildeten dann doch alle einen kleinen Kreis, in deren Mitte Sofie lag, ihr Kopf in Hannahs Schoß.

Es war seltsam, alle spürten nun eine Wärme in der Hand des anderen. Sie schien durch alle hindurch zu fließen. Nach und nach wich die Kälte aus dem Raum. Der Boden schien sich aufzuwärmen und nicht mehr aus altem harten Eichenparkett zu bestehen. Er wurde weich. Ein warmer Luftzug stellte sich ein. Es roch nach ... was war das? – war das wirklich Erde, Sand, Gras?

„Heute Nacht ist die Nacht der Nächte." Ariels Stimme klang auf einmal, als ob mehrere Stimmen gleichzeitig sprachen. *„Wir sind nicht allein – niemand ist heute allein."*

„Hört ihr das auch?" fragte Marius. Geräusche und Töne drangen jetzt leise an ihre Ohren. Grillen zirpten. Ein feiner Gesang und Flöten waren in der Ferne zu hören.

„In dieser heiligen Nacht ist ein Kind geboren, das allen Menschen Hoffnung geben will."

Und Ariel begann, die uralte Geschichte zu erzählen. Die Erzählung klang vertraut in ihren Ohren, doch aus seinem Mund wirkte sie lebendiger als sie sie je zuvor gehört hatten. Ariels Stimme ergriff sie mehr und mehr, nahm sie mit, und der Raum verwandelte sich. Die Tresorwände schienen zu verschwimmen, die kalten Stahltüren wichen zurück. Ungläubig blickten sie sich um... mediterrane Sträucher, ein paar Pinien, in der Ferne sanfte Hügel und ein kleines Dorf mit niedrigen Hütten erschienen vor ihren Augen.

War das das Blöken von Schafen? Der Duft von Harz, Feuer und Rauch erfüllte die Luft. Eine warme, leichte Brise zog nun durch das Tal und berührte sie sanft. Ihre Haut begann zu kribbeln, ihre Haare, Schals und Mäntel bewegten sich sacht im lauen Wind.

Eine sanfte, vertraute Melodie durchzog leise Christinas Gedanken: *In den Herzen wird's warm, still sind Kummer und Harm.*

Die Last der vergangenen Stunden, Tage und die verlorenen Jahre, insbesondere die Jahre ohne ihren Vater, die zahllosen Traurigkeiten ihres Lebens, fielen langsam von ihr ab. Es wurde ihr leichter ums Herz. Sie drückte die Hand von Marius etwas fester.

Auch Hannah verspürte plötzlich eine tiefe Leichtigkeit in ihrem Inneren. Die Einsamkeit und die Traurigkeit über ihre Kinderlosigkeit, die Schmerzen und das Herzweh um ihren verlorenen Mann verwandelten sich in leise Glücksgefühle über die neu gefundene Gemeinschaft. Welche Kraft lag in diesen alten Überlieferungen, in Ariels Stimme? Konnten diese Worte, dieser sanfte Windhauch, wirklich all das Schwere davontragen?

Ebenso spürte Tobias, wie die Schuldgefühle, die bedrückenden Sorgen und die endlosen Sehnsüchte aufhörten, ihn zu quälen. Sie waren nicht verschwunden, aber sie hatten sich verwandelt. Wo waren sie hier gelandet? Wohin hatte Ariel sie geführt? Was geschah hier in dieser Heiligen Nacht?

Alle sahen hinauf zum Himmel:

Da ist ein heller Stern am Firmament. Und da hinten - Hirten hüten ihre Schafe auf dem Feld. Ein strohgedeckter Stall ... alles scheint so greifbar nah, so gegenwärtig ... ein Raunen erfüllt die Welt ... werden alte Prophezeiungen wahr? ... da ist ein Sehnen, neu zu beginnen ... ein Neugeborenes schreit ... die Zeit scheint still zu stehen... berührt da Gott die Erde?

Wie viele Stunden mochten vergangen sein? War es ein Traum gewesen? Sie hatten über das Staunen und die außergewöhnlichen Wahrnehmungen das Gefühl für die Zeit verloren. Nach der ersten Ergriffenheit und nach der Fülle der Ereignisse dieser Nacht, waren nun alle müde und erschöpft. Es schien, als hätte Ariel sie behutsam in seine starken Arme genommen.

Christina wusste nicht mehr, wie lange sie geschlafen hatte. Sie öffnete als erste die Augen. Eine Katze saß vor ihr und putzte sorgfältig ihr Fell. Wie konnte das sein? Phantasierte sie? Hatte sie wirklich von Bethlehem geträumt? War sie immer noch in einem Traum? Sie berührte den Boden neben sich – Eichenparkett, hart, aber immer noch warm. Vor allem wollte sie wissen: Wie kam die Katze hier herein?

Dann suchte sie ihr Handy und schaute aufs Display. „Es ist 9 Uhr morgens," rief sie überrascht, „Weihnachtsmorgen!"

„Was soll das bedeuten, es taget ja schon…" sang eine Stimme. Es war Hannah, die ebenfalls aufgewacht war. Sofie lag in ihrem Schoß und sie selbst in den Armen von Tobias. Nun entdeckte sie ihre Katze. „Morle," rief sie, „ja, wo kommst Du denn her?" Morle streckte sich, als wollte sie sagen: „Und was machst Du *hier*?"

Christina und Marius reckten sich ebenfalls und wunderten sich, dass es so hell war. Wo kam das Licht her? Tatsächlich, die Beleuchtung im Tresorraum war angegangen.

Die Geschwister sprangen nun auf. Christina rief: „Das Licht ist wieder an. Da ist wieder Strom! Ob sich nun auch die Tresortür wieder öffnet?"

Marius antwortete: „Wie sollte sonst die Katze herein gekommen sein?“ Er eilte zur Ecke des Tresorraumes. „Ihr glaubt es nicht,“ rief er, „die Tresortür steht tatsächlich offen!“

„Wer hat sie geöffnet? Da ist doch niemand mehr im Haus – kein Bankpersonal, kein Hausmeister, kein Niemand,“ antwortete Tobias und erhob sich ebenfalls, „die Katze war's jedenfalls nicht. Wie also konnte die Tür sich öffnen?“

„Vielleicht war sie gar nicht richtig zu,“ rätselte Marius, „es war ja kein Strom da. Sie kann sich nicht von selbst abgeschlossen und geöffnet haben.“ Er runzelte die Stirn, „vielleicht war sie nur angelehnt!?“

Christina wollte schon meckern und fragen: Was? Waren wir die ganze Nacht umsonst hier? Aber dann fiel ihr ein, was sich alles in dieser besonderen Nacht auch für sie verändert hatte.

Sofie lachte: „Dann können wir ja 'raus, nach Hause, Weihnachten feiern!“ Sie wandte sich an Hannah: „Oh bitte, bitte, komm mit uns.“

„Ja, äh,“ meinte auch Tobias etwas verlegen, „würde mich auch freuen!“

„Mein Handy hat wieder Empfang!“ rief Christina erfreut. „Aber kommen wir überhaupt 'raus aus dem Gebäude? Ist nicht alles abgeschlossen? Und wie ist die Katze hereingekommen?“

„Wo ist eigentlich Ariel?“ Sofie schaute sich um, rannte dann aus dem Tresorraum hinaus und erkundete die ganze Bank. Sie kam nach einigen Augenblicken atemlos zurück: „Er ist nirgends zu sehen. Hat sich in Luft aufgelöst. Er ist spurlos verschwunden.“ Sie zögerte. „Fast spurlos. Schaut mal, was ich auf der Treppe gefunden habe.“ Sie öffnete vorsichtig ihre Hand. Eine schneeweiße Feder lag darin.

Marius, der auch das Gebäude erkundet hatte, rief in den Tresor hinein: „Neben dem hinteren Notausgang steht ein Fenster offen, und die Tür lässt sich von innen öffnen."

Alle stürmten nun zu dieser Tür, öffneten sie beherzt, sprangen hinaus ins Freie und atmeten tief die Winterweihnachtsluft ein. Sie standen jetzt in einem verschneiten kleinen Innenhof, der ohne weitere Hindernisse auf die Straße führte. Sofie zog ihren Vater mit der einen und Hannah, die ihre Katze im Arm hielt, mit der anderen Hand lachend hinter sich her in den Schnee.

Der Notausgang war allerdings alarmgesichert und sofort gingen Sirenen los.

Etwas unschlüssig standen Marius und Christina noch in der Tür. Sofie rief ihnen zu: „Los, worauf wartet ihr? Kommt, kommt auch mit zu uns, wir feiern jetzt zusammen Weihnachten!"

In der nächsten regionalen Zeitungsausgabe war zu lesen:

Bankeinbruch
oder versehentlich eingeschlossen?

Polizei steht vor einem Rätsel

Nichts gestohlen – Bankangestellte finden eine Krippe im Tresorraum

weihnachten 2.0

ein unrealistisches krippenspiel mit engelin

 *(Die folgende geschichte ist in kleinschreibung)*

Die kleine lucy sitzt in einem großen, kahlen und gefliesten raum im tierheim. Der kräftige mann, der immer so intensiv nach pommes frites riecht und meistens das futter austeilt, ist heute nicht da. Er hat gestern schon krank ausgeatmet, das hat lucy mit ihrer feinen nase genau gespürt. Heute liegt er wahrscheinlich mit fieber im bett. Lucy ist eine kleine, strubbelige, hellbraune mischlingshündin. Ihre mama war eine münsterländerin und ihr papa ein mediterraner herumtreiber aus der türkei.

Heute ist ein kleiner mann da. Er riecht gutmütig, ist aber vergesslich und hat die tür vom käfig aufgelassen. Vorsichtig setzt lucy eine pfote nach draußen, dann noch eine, und schließlich rennt sie schnell zum großen tor hinaus. Da ist die haltestelle, und da kommt schon ein bus, und lucy springt mit den anderen leuten hinein. Das kennt sie. Bevor ihr herrchen gestorben ist, sind sie immer zusammen in die stadt gefahren. Schnell schlüpft sie unter einen sitz und keiner nimmt sie mehr wahr.

Lucy hatte schon gerochen, dass ihr herrchen bald sterben würde. Er hatte sie vorher noch nach draußen gelassen. Doch am Abend stand sie vor der verschlossenen haustür. Sie konnte

nicht mehr auf das sofa und niemand hat sie lieb gekrault. Ein freundlicher mann in einer blauen uniform brachte sie dann ins tierheim.

Es muss kurz vor diesem fest sein, wo bei den menschen alles nach süßen plätzchen riecht. Und sie laufen schneller als sonst und haben mehr tüten und taschen dabei. Das kennt sie noch vom vorigen jahr. Die menschen sind dann sonderbar und riechen nach stress und achten kaum noch auf die tiere.

An einer haltestelle wittert sie einen guten duft, da steigt sie aus. Oh, das sieht wie ein markt aus. Märkte sind immer abenteuerlich. Zum einen, weil man als hündin aufpassen muss, dass niemand einem auf die pfoten tritt. Zum anderen gibt es auch viel leckeres, das den menschen herunterfällt, wurst, fleisch und brötchen. Da kann sie ihren hunger stillen.

Neun uhr morgens. Theresa ist selten so spät vor ihrer firma gestanden. Noch seltener ist, dass sie erst heute morgen gemerkt hat, dass dieser tag der 24. dezember ist. Sie lebt alleine und schmückt ihre große wohnung schon lange nicht mehr für weihnachten.

Aber das hier hat sie noch nie erlebt. Nach dem aufschließen sieht sie sich vor leeren räumen. Hat sie sich in der tür geirrt? Nein. Und dennoch: Alles ist leer geräumt. Ihre eigene firma! Ein einbruch? Aber diebe hätten doch nicht die mülleimer mitgenommen. Selbst die kleine teeküche ist abgebaut. Sie überlegt ein paar sekunden: Soll sie die polizei anrufen?

Moment, da ist doch letzten monat so eine merkwürdige mail gekommen. Sie hat ihr keine bedeutung beigemessen, sie für einen scherz gehalten. Die firma sei an einen bulgarischen investor verkauft, hieß es da. Und selbst wenn, es ist ihre firma. Also eigentlich. Also eigentlich nicht mehr. Sie ist nur noch angestellt. War - wie es scheint. Sie hat die firma 15 jahre lang aufgebaut. Und die drei angestellten sind zufrieden gewesen. Wo stecken sie eigentlich?

Allerdings musste sie zulassen, dass die firma vor einem jahr an ein slowenisches firmenkonsortium verkauft wurde, da die futtermittelbeschaffung im osten für landwirtschaftliche deutsche betriebe durch den klimawandel einen einbruch erlebt hatte. Für sie änderte sich erst einmal nichts. Sie saß weiterhin jeden tag 10, manchmal 11 stunden in ihrem büro, telefonierte viel, verschickte e-mails, hatte einen strukturierten tag und verdiente genug geld. Aber jetzt ...

In einem nebenraum entdeckt sie einen großen umzugskarton. Sie öffnet ihn. Die persönlichen gegenstände aus ihrem schreibtisch liegen darin. Ist das alles, was ihr von der firma übrig geblieben ist? Sie schluckt, möchte sich setzen – aber da ist nicht mal mehr ein stuhl. Vielleicht hätte sie das kleingeduckte im vertrag doch genauer lesen sollen. Sie ist verwirrt, kann noch nicht fassen, was da passiert ist.

Theresa verlässt das haus wie in trance, tritt auf die straße und lässt sich mit den Passanten mittreiben. Langsam realisiert sie, was geschehen ist. Irgendwie fühlt sie sich gar nicht so beunruhigt. Sie muss sich eigentlich keine sorgen machen, sie hat viel gespart, ein großes loft gekauft, es ist abbezahlt. Sie müsste mit ihren 38 jahren nicht mal mehr arbeiten. Aber dennoch überfällt sie eine große traurigkeit. Was ist ihr geblieben nach all den jahren? Wo sind jetzt die angestellten, die geschäftskundinnen? Sind da denn gar keine beziehungen entstanden? Nun, die liebe hat schon lange keinen platz mehr in ihrem leben. Liegt es an der branche, an ihr? Oder hat sie die liebe unterwegs auf ihrem weg verloren?

Die schwere tür fällt hinter ihm zu. „Und kommen sie nicht so bald wieder!" hat der gefängnisbeamte noch gerufen. Vor genau einem jahr war Bastian hier eingefahren. Zwei jahre hätten es eigentlich werden sollen. Wegen guter führung ist er jetzt entlassen worden.

Jeden tag hat er sich gefragt, wie er nur so blöd sein konnte, eine bank zu überfallen. Ausgerechnet er. Wenn er aufgeregt ist, stottert er nämlich.

Als er vor dem bankschalter stand, hatte er natürlich nichts gesagt, sondern einen zettel rübergeschoben. Aber die angestellte hatte gefragt: „Wie viel?" Damit hatte er nicht gerechnet. Ein „alles" bekam er noch gut hin, aber als sie ihm erklärte, dass die ausgabe vollautomatisiert sei und eine konkrete zahl erfordere, war er aus dem konzept gekommen. Er versuchte dann eine zahl zu nennen. „f-f-f-f" begann er. Aber da merkte er schon, das würde nichts werden, weil bestimmte laute besonders schwer für ihn zu artikulieren waren. Das f stand ganz oben auf dieser liste. Bastian dachte darüber nach, welche zahl ihm wohl jetzt leicht über die lippen gehen würde. In gedanken ging er sie durch: „sechzigtausend"? „siebzigtausend"? Leider stand das „s" auf platz 2 seiner liste. Die angestellte ließ ihm

zeit. Sie hatte den stillen alarmknopf gedrückt. Sie sagte später aus, sie habe sich vom angeklagten nicht bedroht gefühlt. Bei „hunderttausend" war dann die polizei da. Als die verteidigerin später vor gericht die geschichte vortrug, konnte sich der richter ein schmunzeln kaum verkneifen. Aber ein bankraub bleibt ein bankraub. So landete er im gefängnis. Er konnte seine ausbildung als schreiner, die er mal begonnen, aber nicht zuende gebracht hatte, abschließen. Das hat seiner seele auftrieb und ihm neues selbstbewusstsein gegeben.

Und jetzt ist er frei.

Nun steht Bastian unschlüssig da. Als er nach links schaut, kommt gerade ein bus angefahren und der fahrer hält, denn er ist ohne es zu merken an einer haltestelle stehen geblieben. Also steigt er ein, löst einen fahrschein in die innenstadt und setzt sich auf einen der hinteren plätze.

Wo soll er hin? Er hat zuletzt bei seiner schwester gewohnt. Sie hielt mit ihm im gefängnis briefkontakt. Nun ist sie aber umgezogen, wie sie ihm geschrieben hat, und wohnt in münchen.

Am dom steigt er aus. Es riecht nach gebrannten mandeln, glühwein und currywurst – nach weihnachtsmarkt. Weihnachtsmusik dudelt, kinderkarusselle fahren, männer mit rotweißen anzügen und zipfelmützen laufen herum und rufen ho, ho, ho! Erst jetzt wird ihm bewusst, dass weihnachten vor der tür steht, das fest der liebe.

Georg ist kein priester, aber er hat theologie studiert und ist
dann als pastoralreferent in den dienst der kirche eingetreten.
In der kleinen kirchengemeinde im vorort der großen stadt ist
er seit vielen jahren als seelsorger und fortbildner tätig. Er wäre gerne priester geworden, aber das zölibat schreckte ihn ab.
Er hatte sich verliebt und lebte einige zeit glücklich mit Sibylle
in seiner gemeindewohnung zusammen.

Georg ist ein eher stiller mensch. Durchaus spirituell, ja, eigentlich tief gläubig. Doch Sybille konnte seine art zu glauben nicht
teilen; sie wollte mehr action im leben, durch die weltgeschich-
te reisen und nicht in einem vorort versauern. So hatte sie es
zumindest gesagt, bevor sie sich von ihm trennte.

Seither fällt es ihm schwer, an das wunder der liebe zu glauben.

Aber Georg hat noch ein ganz anderes problem: Seine möblier-
te pfarrwohnung mit drei zimmern, in der er viele jahre zufrieden gelebt hat und in der platz für drei oder gar vier personen
ist, wird nun von der gemeinde für eine mitarbeiterin mit
mann und kind beansprucht.

Er hat nicht viel unternommen um eine neue wohnung zu finden. Um ehrlich zu sein, gar nichts. Der kirchengemeinderat hat
lange geduld mit ihm gehabt. Immer wieder wurde er ange-
mahnt, schließlich gekündigt, aber ein gewisses ihm angebore-
nes phlegma hielt ihn ab, darauf zu reagieren. So steht er heute
morgen – er war für ein wochenende auf einer tagung – vor
seiner haustür und der schlüssel passt nicht mehr. Ein kleiner
zettel klebt an der tür: „Deine sache steht in garage. Musst du
abholen bis silvester. Sonst wegschmeisse, alter! Firma
slotsky.“

Er schaut in die garage. In wenigen umzugskartons lagern seine persönlichen gegenstände. Irgendwie gefällt es ihm, dass er so wenig besitzt. Bücher, kleidung, badartikel, cds, nippes und ein kleines wandkreuz findet er in einem der kartons. Er nimmt das kleine kreuz und steckt es in seine manteltasche. Dann läuft er los, weiß noch nicht wohin. Zu seiner mutter? Geht nicht - die wohnt weit weg, in garmisch, in einer betreuten wohnanlage.

Was kann er jetzt tun? Sich von der brücke stürzen? Diese frage geht ihm plötzlich durch den kopf. Nein – zu theatralisch. Er lebt eigentlich gerne. Wegziehen? Mhhh – er liebt seine nahegelegene großstadt. Er ist kein asket, er kocht gerne und will nicht alleine sein. Auch wenn er eher der stille ist, er kann gut zuhören und die menschen in der gemeinde mögen seine seelsorgerlichen gespräche. Die kinder im religionsunterricht lieben seine geschichten und singen mit ihm gerne die neuen geistlichen lieder. Und er ist ja nicht arbeitslos, sondern wohnungslos. Oder sollte er besser sagen: wohnungssuchend? So wie Josef und Maria? Er seufzt. Nur leider ohne Maria! Voll schwerer gedanken trabt er mit dem kreuz in der manteltasche, das seine hand fest umschlossen hält, in die innenstadt.

Lucy hat schon den einen oder anderen happen auf dem markt gefunden und ist satt. Jetzt noch etwas wasser, das wäre fein. Die menschen laufen an den ständen des weihnachtsmarktes vorbei, schnuppern an kerzen, streicheln mit den händen über lammfelle. Oder sie lehnen mit merkwürdigen getränken an

stehtischen, lachen, freuen sich wohl auf ihre rudel. Die kleine Lucy wird nur von den kindern beachtet.

„Oh, schau mal, wie süß..." Ja, Lucy spürt, dass kinder sie mögen.

„Mama, ich möchte zu weihnachten einen hund!"

Ja, denkt sich Lucy, und ich möchte einen mensch. Oder am besten eine ganze familie.

Traurig trottet sie weiter, bis hinter das große haus mit den hohen türmen. Da entdeckt sie ein schüsselchen mit wasser an einem stand. Die frau ist gerade herausgekommen und hat es ihr hingestellt, als ob sie ihren wunsch geahnt hätte. Lucy lässt sich von ihr streicheln und wedelt mit dem schwanz. Irgendetwas an dieser frau riecht anders als bei den anderen menschen, denkt sie.

Die frau verkauft essen und getränke. Aber sie hat noch mehr als nur nahrung – das spürt Lucy ganz genau. Die frau gibt den menschen und tieren das, was sie brauchen. Und sie duftet irgendwie himmlisch gut.

Theresa wird von der menschenmenge auf den großen weihnachtsmarkt mitgezogen. Es ist wie ein sog. Eigentlich liebt sie weihnachtsmärkte. Aber sie kann sich heute gar nicht an den ständen mit den weihnachtssternen, baumkugeln, wollsocken, marzipan, lichterketten, wurstwaren und den ganzen essens- und glühweinständen erfreuen.

Früher hat sie gerne weihnachten gefeiert. Kindheitserinnerungen kommen ihr in den sinn und ihre augen werden feucht. Die krippe mit den tieren, der festliche gottesdient, der geschmückte baum mit den vielen kleinen lichtern... und ihre eltern, die sie liebevoll beim auspacken der geschenke beobachten. Oma und opa haben zeit für sie, singen mit ihr, backen plätzchen und lesen ihr etwas vor.

Da sie keine kinder, auch keine nichten und neffen hat, ist ihr weihnachten im laufe der jahre verloren gegangen. Die weihnachtsfeiern im betrieb bestanden eher aus schrottwichteln und saufen. Eine sehnsucht wird in ihr wach. Noch einmal wie in der kindheit weihnachtsplätzchen essen, dazu kakau trinken und mit lieben menschen zusammen sein.

Sie gelangt in eine ruhigere ecke hinter dem dom. Ein glühwein- und würstchenstand, den sie noch nie bemerkt hat, zieht sie an. Es riecht nach zimt und nach ... heißem kakau! Sie geht hin und die frau hinter der theke reicht ihr eine dampfende tasse und einen kleinen teller mit plätzchen. Wie kann das sein? Sie ist verblüfft, will die frau mit fragen bestürmen. Diese weist mit der einen hand auf ein kleines schild:

„Bin gehörlos – lese aber von ihren lippen ab.“

Mit der anderen macht sie die entsprechenden handbewegungen.

Im großen dom laufen inzwischen die vorbereitungen für den weihnachtsgottesdienst auf hochtouren. Domdekan Brühl hält

alle fäden in seiner hand, mit der anderen ist er ständig am smartphone. Er gibt präzise anweisungen, lässt hier und da noch etwas verändern, beantwortet fragen und versucht die ruhe zu bewahren. Ab und zu hilft ihm dabei ein blick zur statue der Hl. Maria, um die es ja an weihnachten auch geht.

Domdekan Brühl ist nicht nur der zeremonienmeister der besonderen messen und feiern im dom, er ist auch studierter theaterpädagoge. Und man muss wissen, die weihnachtsgottesdienste sind weit über die bistumsgrenzen hinaus bekannt für seine außergewöhnlichen krippenspiele. Jedes jahr lässt er sich etwas neues einfallen. Bereits nach dem osterevent, das für ihn natürlich auf platz 2 der hochfeste liegt, beginnen die vorbereitungen für das krippenspiel. Pfingsten liegt da etwas abgeschlagen auf platz 3 und irgendwie organisatorisch lästig dazwischen.

Bastian trottet in gedanken über den markt. Was soll er heute machen – wo wird er den heutigen abend verbringen? Wie geht sein leben weiter? Was soll er arbeiten? Er hat angst, in diesem moloch großstadt unterzugehen. Er will nicht unter einer brücke landen oder von bürgergeld leben müssen. Ein jahr war er raus aus dieser welt. Hat fast alle kontakte verloren. Wie kann er da wieder fuß fassen?

Gerade will er in selbstmitleid sagen: keiner liebt mich, da bleibt er stehen, ist am ende des marktes hinter dem dom angelangt. Ein ruhiger würstchenstand ohne laute musik zieht ihn geheimnisvoll an. Jetzt eine thüringer und ein bier! Das hat er schon lange nicht mehr gegessen und getrunken. Wie hat er das

im gefängnis vermisst. Die frau in der bude lächelt ihn an. Sie reicht ihm eine frisch gegrillte wurst auf einem pappteller mit brötchen und senf, und dazu ein pils. Er liest das schild, staunt, runzelt die stirn, hat er zu laut gedacht? Konnte sie ihm auf den letzten metern bereits von den lippen ablesen? Bastian bemüht sich also, deutlich mit den Lippen zu formulieren. Es geht ohne stottern! Er fragt, wie die standbesitzerin das merken konnte, was er möchte. Sie schmunzelt und hebt dabei die schultern.

Als er dann mit wurst und bier am tisch steht, sieht er, wie ein kleiner zotteliger hund ihn von unten fixiert. Er wischt den senf von der wurst und gibt ihm ein stück ab. „Na, wie heißt du denn, mein kleiner?" Der hund wedelt mit dem schwanz und genießt Bastians streicheln. Er sieht sich das halsband an. „Ah, da ist eine plakette – du kommst aus einem tierheim." Steht da nicht auch noch ein name? „L U C Y" entziffert Bastian. „Also bist du eine sie!" Er bestellt noch eine wurst, die er sich mit Lucy teilt. Erst jetzt nimmt er wahr, dass er gar nicht alleine an dem stehtisch lehnt. Mit vollem mund probiert er ein „N'abend!"

Domdekan Brühl – eigentlich Domdekan Dr. Brühl – möchte auch die menschen, die nur einmal im jahr in die kirche kommen, beeindrucken. Er will sie ermuntern, doch mal häufiger das gotteshaus zu betreten. Und in diesem jahr hat er sich etwas außergewöhnliches, ja vielleicht etwas gewagtes überlegt. Denn medieneinsatz, lichteffekte, großartige chöre, begnadete instrumentalorchester, das ist alles schon da gewesen und ist ein wenig ausgereizt. Die weihnachtsstory ist natürlich immer dieselbe, die kann und darf er auch nichts ändern. Der Bischof achtet darauf, dass liturgisch und biblisch alles korrekt bleibt.

Aber so ein bisschen mehr choreografie, dramaturgie und showbiz könnte es schon sein. Deshalb hat er diesmal ein improvisationstheater eingeladen. Die truppe aus bremen ist deutschlandweit nicht unbekannt und hat auch im kirchlichen raum schon viele erfahrungen gesammelt. Man könnte fast sagen, sie sind der mercedes unter den improtheatern.

Leise beginnen einige kleine schneeflocken zu fallen. Das passt gut zu weihnachten, denkt sich Georg. Er liebt weihnachtsmärkte, allerdings gefällt es ihm nicht, dass an manchen ständen laute musik gespielt wird. Am schlimmsten findet er „jingle bells" und „last christmas", die mit discosound und tiefen bässen daherkommen und die leisen töne von kindern, die etwas auf der flöte vorspielen, übertönen.

Er sucht eine ruhigere ecke und gelangt, er weiß nicht wie, ans ende des marktes hinter den dom. Eine kleine bude mit glühwein. Glühwein ist gut, denkt er sich. Hunger hat er auch. Ob es auch etwas ohne fleisch gibt? Er will noch die blicke über das angebot schweifen lassen, als die nette frau hinter der theke ihm einen veggieburger mit pommes und ein glas glühwein reicht.

„Ich habe doch noch gar nicht bestellt!" Aber ihr lächeln und der hinweis auf das schild lassen ihn seine traurige stimmung für einen moment vergessen. Ein wenig sprachlos gesellt er

sich mit seiner mahlzeit zu einer frau im businesskostüm, einem bärtigen mann und seinem strubbeligen hund an den tisch. Merkwürdig – es gibt nur einen stehtisch an diesem stand.

Inzwischen wird es langsam dunkel, die wintersonnwende und damit die längste nacht des jahres liegt nur drei tage zurück. Sie rücken zusammen und auch der hund findet eine lücke zwischen ihren füßen.

Lucy findet es großartig. Nicht alle menschen sind nett zu ihr gewesen. Aber diese hier riechen freundlich und füttern sie. Vielleicht kann sie bei einem von ihnen wohnen? Sie ist eine gute hündin, sie macht ihre geschäfte nur im park, sie bellt nicht in der wohnung, sie zerbeißt keine pantoffeln, sie kann sie sogar bringen. Sie wäre die ideale begleiterin für einen menschen.

Was reden die menschen da eigentlich? Sie versteht ja nur wenige worte, wie „Lucy, sitz, platz, komm, bring, ab ins körbchen." Aber sie spürt jetzt in diesen unbekannten worten, dass die menschen sorgen haben. Viele sorgen. So wie sie.

Domdekan Brühl freut sich über diesen coup mit dem improtheater und er hat auch niemand sonst etwas davon verraten. Der Bischof vertraut ihm und die anderen stellen gar nicht in zweifel, dass er wieder etwas auf der pfanne hat.

Tja, das problem ist nur, dass er die theaterleute seit stunden versucht zu erreichen, um herauszufinden, ob er sie irgendwo abholen muss, ob sie vorher noch ins hotel wollen, sich frisch machen. Doch langsam wird die zeit knapp. Hoffentlich hatten sie keinen unfall. Er hat keinen plan b für diesen abend. Vielleicht hat er sich diesmal doch zu weit aus dem fenster gelehnt? Sein blutdruck beginnt zu steigen. Der Kardinal ist heute abend anwesend, der Bischof sowieso, und der dom wird wie immer überfüllt sein.

Georg ist es gewohnt mit leuten zu reden. Er weiß, wie man sie zum erzählen bringt, wie man sie dazu ermuntert miteinander ins gespräch zu kommen. Das konnte er schon immer gut. Und so animiert er alle am tisch im laufe des nachmittags von seinen und ihren sorgen und nöten zu erzählen. Ja, es sind schon eher nöte, denn sie stellen überrascht fest, dass sie von wohnung
oder firma ausgeschlossen wurden und bis auf Theresa keine bleibe haben. Selbst der hund scheint heimatlos zu sein. Er beugt sich kurz nach unten:

„Wie heißt du denn?" fragt Georg.

„L, L, L, Lucy, steht auf dem halsband," antwortet Bastian.

Georg weiß: „Das heißt ‚die leuchtende', das passt doch zu weihnachten!"

Und sie wundern sich. Sie wundern sich über diesen stand auf dem weihnachtsmarkt. Sie wundern sich, dass dieser ort sie so

angezogen hat. Und wie erkannte die frau schon im voraus ihre wünsche? Obwohl diese hinter der theke die ganze zeit beschäftigt scheint, kaufen keine anderen leute etwas bei ihr. Die anderen weihnachtsmarktbesucherinnen gehen achtlos vorüber.

Kaum eine stunde, weitere plätzchen, würstchen und veggieburger später, kennen sie voneinander ihre lebensgeschichten und schicksale. Auch die nicht so glücklichen lebensumstände sind ans licht gekommen. Aber keiner schämt sich. Warum fällt es ihnen hier so leicht, über alles zu sprechen? Sie blicken zu der frau hinter der theke. Sie kommt ihnen vor wie eine gute fee, oder ein engel, der sie aus der düsternis geholt hat.

In den letzten jahren waren sie immer sehr zufrieden mit „seinem" krippenspiel. Es gab nur manchmal kritik und beschwerden, weil die menschen in den hinteren bereichen und in den seitenschiffen dank der beschallungsanlage zwar eine gute akustik hatten, aber kaum sehen konnten, was vorne auf der bühne vonstatten ging.

Das ist auch der grund, warum es nun vier videoleinwände gibt. Zwei große vorne rechts und links neben dem chor und zwei kleinere in den seitenschiffen. Domdekan Brühl hat profis damit beauftragt, das krippenspiel einzufangen und über die videoleinwände allen sichtbar zu machen. Zwei feste kameras und zwei mobile sollen nun das ganze geschehen hautnah einfangen und eine regie entscheidet, welche bilder auf die leinwände kommen.

Nur sollten die schauspieler bald eintrudeln, denn die müssen sich bestimmt noch warm machen, oder? Vielleicht nach der langen reise noch etwas essen und umziehen und schminken sowieso. Selbst maskenbildner hat er organisiert. Alles andere steht wegen seiner straffen planung schon. Ein echtes baby samt seiner noch stillenden mutter, ein echter esel und ein echter ochse stehen bereit und werden, ebenso wie die kleine schafherde, von kundigem fachpersonal, tiertrainerinnen und einer organisation, die genauestens auf das tierwohl achtet, in bereitschaft gehalten. Ganz zu schweigen von hirten und hirtinnen, chören, instrumentalisten und solistinnen.

Hatte er etwa vergessen den segen des Höchsten zu erbitten? War sein plan, sein timing nicht präzise genug? Sein blick geht wieder zur Mutter Gottes. Ihr könnte es ja eigentlich egal sein. Sie hat damals ohne jede planung, ohne timing und ohne videoleinwand alles gut hinbekommen und den Gottessohn geboren.

Draußen am stehtisch ist die stimmung gelöst. Lucy fühlt sich pudelwohl mit diesen menschen, ist inzwischen satt und darf sich hinter der theke auf eine matte legen und schläft ein.

Theresa spürt, dass noch nicht alle knoten in ihrem leben gelöst sind, aber sie kann sich langsam ein leben ohne firma vorstellen. Am liebsten würde sie heute abend alle netten menschen von diesem tisch mit nach hause nehmen.

Bastian hat seine angst verloren in dieser großen stadt unterzugehen. Er hat einen beruf gelernt, er kann seine hände ge-

brauchen, er kann etwas. Und er traut sich wieder mehr zu sprechen und hat nette leute kennengelernt.

Georg tut es richtig gut, in dieser runde unter leidensgenossen zu sein. Er muss nicht den seelsorger mimen und kann doch seine talente einbringen. Als fast-geistlicher wird er immer eine herberge finden, denkt er sich. Aber er will noch einmal über seine beruflichen perspektiven nachdenken.

Vielleicht sollte er, Domdekan Brühl, doch wieder nur sein priesteramt wahrnehmen und sich einer kleinen dorfgemeinde widmen. Es stimmt schon, in den letzten jahren hat er nicht nur viele gemeinden zu betreuen gehabt, vielleicht ist ihm auch der ruhm zu kopf gestiegen, hat er nicht nur zur ehre Gottes gehandelt. Ein bisschen hat er immer damit geliebäugelt zum ehren-domherren für seine besonderen verdienste ernannt zu werden.

Aber alles jammern nützt jetzt nichts, der weihnachtsgottesdienst und damit das vermaledeite krippenspiel rücken näher. Oh, hat er gerade geflucht? Er bekreuzigt sich. Möge doch bitte ein wunder geschehen!

Noch einmal schickt er einen seiner helfer los, um die theatergruppe zu suchen.

Die frau hinter der theke kommt zu dem vierergespann an den tisch und hat für jeden noch ein getränk. Als Georg sie fragt,

wie sie heißt, macht sie mit den armen flügelbewegungen und formt mit den händen ein großes A. „Angela!" entfährt es ihm. „Die engelin - das ist die weibliche form zum lateinischen ‚angelus'," weiß der theologe. Den namen finden alle passend.

Eigentlich könnten sie doch zusammenbleiben, etwas unternehmen oder sogar zusammenziehen, meint Georg. Die engelin lächelt.

Kaum ist der gedanke zuende gedacht, fliegt eine hintertür am dom auf, die sie vorher noch nicht wahrgenommen haben. Ein verschwitzter junger mann stürzt aus der tür auf sie zu und ruft:

„Da seid ihr ja! Kommt schnell mit, wir suchen euch schon verzweifelt!" Und während sie noch verblüfft schauen und versuchen den zusammenhang der worte zu erkennen, werden sie schon von Marvin, wie er sich vorstellt, in den dom gezogen und hinten von Angela sanft geschoben.

Immer noch verdattert, gelangen sie durch gänge und flure in eine art provisorische ankleide. Sie werden vorsichtig in sessel gedrückt.

Das sitzen tut gut, denn sie sind stundenlang gestanden, wie sie jetzt erst merken. Flinke hände machen sich an ihnen zu schaffen und verwandeln sie in andere personen. Der glühwein, das essen und die wärme zeigen ihre wirkung. Eine müdigkeit macht sich in ihnen breit und sie lassen erst einmal alles geschehen. Von den rollen für ein krippenspiel ahnen sie noch nichts.

Theresa wird zu Maria und bekommt einen künstlichen bauch. Sie wird geschminkt, was in ihrem fall eher heißt: sie wird abgeschminkt. Lippenstift, lidschatten, mascara werden entfernt, ein dunkler teint aufgetragen. Sie bekommt eine perücke mit langen schwarzen haaren, ein naturfarbenes gewand und ein kleines headset mit mikrofon. Verwundert verfolgt sie den verwandlungsprozess im spiegel.

Bastian erhält ein dunkelbraunes gewand. Einen bart benötigt er nicht, er hat sich, wie es zurzeit modern ist, einen gepflegten vollbart wachsen lassen. Dadurch bekommt er zusammen mit einer dunkelbraunen perücke ein markantes männliches aussehen. Er wirkt wie einer, dem man vertrauen kann, nach dem Motto, ich hab euch gut zur volkszählung nach bethlehem gebracht, das mit der geburt und ägypten kriegen wir auch noch hin!

Die frau vom glühweinstand, Angela, ist ohne frage ein engel – oder besser: eine engelin. Die maskenbildnerin ist verwundert, dass die flügel schon angebracht sind. Sie versteht es dann aber noch durch einfache kleidung, wenig schminke und nur durch waschen und föhnen der haare eine erzengelin aus ihr zu machen. Und wer Angela in die augen schaut, weiß, dass das, ohne ein wort zu sagen, stimmt.

Georg soll zu einem hirten gemacht werden. Er befürchtet, dass er dann nur noch zum schluss in demut betend die knie vor dem Jesuskind beugen kann. Was er liebend gerne tut, aber heute abend muss seine rolle noch eine andere sein, das spürt er. Er bittet den maskenbildner nur um ein grundschminkset und um einen passenden anzug mit krawatte. Der wundert sich zwar, aber heute abend ist alles irgendwie anders.

In diesem moment stürzt der Domdekan herein:

„Gottseidank! Jesus, Maria und Josef! Was haben sie uns für einen schrecken eingejagt. Warum haben sie nicht auf meine anrufe und whatsapp' reagiert?" Es sprudelt aus ihm heraus, er lässt sie nicht zu wort kommen:

„Aber jetzt sind sie ja da! Ich freu mich so, dass wir sie als improtheater gewinnen konnten. Wissen sie, ich bin ja selbst auch theatermensch und hab es, ach, studiert und würde gerne selbst mit ihnen da oben stehen … aber das würde jetzt zu weit führen. Also, sie haben ihre rollen, sie kennen die geschichte, die ganze dramaturgie habe ich ihnen geschickt, haben sie doch erhalten, oder? Die musiker sind eingespielt, die chöre sind da, die scheinwerfer und beleuchter sind da. Alle reagieren flexibel auf ihre improvisationen. Ja, meine lieben, das ist krippenspiel 2.0 !" Er strahlt.

Er macht eine pause und sein gesichtsausdruck verändert sich. Er schaut sie flehend an:

„Bitte helfen sie mit, dass es ein eindrücklicher, segensreicher abend für alle wird – auch für sie und für mich."

Er schaut auf die Uhr. „Also, ihr auftritt in minus 2100. Sie werden rechtzeitig abgeholt. Danach feier mit dem Bischof. Dann taxi ins hotel. Noch fragen?" Aber er ist schon wieder fort.

Die vier schauen sich an. Wer war das denn? Was um alles in der welt soll das heißen: improtheater? Was erwartet man von ihnen? Entsetzen in ihren gesichtern. In diesem moment bellt Lucy dreimal und wedelt aufgeregt mit dem schwanz. Alle lachen. Sie ist mit hinein gewitscht – keine hat's gemerkt. Aber sie sind immer noch konsterniert. Was sollen sie hier tun? Ein auftritt? Theater? Mithelfen?

Angela steht auf. Sie winkt alle mit ihren händen zu sich her. Sie stehen zusammen bei ihr. Da breitet sie ihre flügel über sie aus. Über ihnen entsteht daraus ein zelt und es umfasst sie alle. Eine ruhe breitet sich im ganzen raum und in ihren herzen aus. Sie fassen sich an den händen.

Was nun geschieht, kann keiner hinterher mehr beschreiben oder sich erklären. Ist das ein lied, ein summen, ein tönen, das sie zusammen gesungen haben? Eins, das nie wieder gehört werden wird? Das aber noch lange zeit in ihnen und in den mitarbeiterinnen, die langsam dazugetreten sind, nachklingt.

Die glocken des doms beenden ihr feiergeläut. Die orgel beginnt ihr prachtvolles vorspiel, in dem immer wieder kurze melodien aus bekannten weihnachtsliedern zu erkennen sind. Der organist zieht alle register, so dass der ganze dom von der fülle dieser töne ergriffen wird und alle menschen eingestimmt werden auf den Heiligen Abend.

Minus 0900

In den nachhall hinein begrüßt der Bischof die gläubigen – nein, nicht nur die gläubigen, auch ausdrücklich die, die wegen der weihnachtsstimmung in den dom gekommen sind, und die neugierigen, und die mitglieder anderer religionen, und die bewohnerinnen anderer länder, auch die bayern und die bayerinnen. Er ist gut gelaunt, freut sich über das gefüllte gotteshaus und diesen kleinen scherz.

Er verkündet kurz den ablauf, wo die lieder zu finden sind und weist darauf hin, dass wegen des umfangreichen krippenspiels die predigt entfällt, die er ihnen aber gerne am kommenden ersten weihnachtsfeiertag erzählen würde, wenn alle wieder da sind. Er schmunzelt. Dann bittet er noch darum, dass man nach dem letzten lied noch sitzen bleiben möge, damit er ihnen den weihnachtssegen mitgeben könne.

Minus 0400

Nun erklingen die ersten töne der orgel, und alle singen gemeinsam „vom himmel hoch, da komm ich her."

Plus minus 0000

Bühne im dunkeln.

Ein bühnenbild ist nur zu ahnen. Viele mediterrane rot- und ockertöne sind auf große leintücher projiziert. Ein paar aufgemalte palmen, lehmhütten, ein stall. Leises hüsteln, husten, füßescharren im publikum. Der dom ist voll bis auf den letzten stehplatz. Man hat alle hineingelassen. Der Domdekan schüttelt feuerpolizeiliche bedenken schnell ab, jetzt ist eh nichts mehr zu ändern. Er ist gespannt wie ein bogen – wird die improtruppe halten, was sie verspricht? Der kardinal, die bürgermeisterin samt familie, der domrat – alle honoratioren sitzen in den ersten reihen. Sogar die presse ist da. Gottseidank nicht das fernsehen! Die trampeln überall herum und stören die andacht. Und wenn etwas schiefgeht ist es für immer auf irgendwelche speichermedien gebannt. Es darf auch so nichts schiefgehen.

Ein scheinwerfer geht langsam auf. Auftritt Georg als sprecher.

Er hat keine ahnung, was er sagen soll, er hat keinen text. Ach ja, improvisieren soll er. Aber was? Er blickt hinüber zu Angela. Sie schickt ihm mit beiden händen in einer geste etwas, ja, was ist das? Er spürt etwas … und jetzt formen sich worte in seinem inneren und gelangen in seinen mund:

(langsam und mit sonorer stimme)

„Was ist das für eine stadt, in der schwangere keine herberge finden? Was ist das für ein land, in dem ein kind in einem hinterhof geboren werden muss? Was ist das für eine welt, in die Gott seinen sohn schicken muss? Muss er ihn wieder und wieder schicken, damit wir uns endlich um ihn und seine schöpfung kümmern?" Er macht eine Pause. „Ja, wir sollten uns kümmern: um unsere mitmenschen, unser klima und unsere flüchtlinge!"

Mit eindrücklichen worten lässt er nun ein bild der damaligen zeit, der landschaft und der politischen situation im damaligen judäa entstehen. (Georg ab)

Die menschen im abgedunkelten dom sind beeindruckt von seiner stimme, soviel kompetenz, so vielen neuen aspekten, denken aber auch: 'Ganz schön mutige und moderne fassung.'

Bastian rennt als Josef herein.

Er hetzt umher, schaut hierhin, dorthin. Von den scheinwerfern geblendet, kann er das publikum gar nicht sehen. Er denkt:

„Gut so – 1000 augenpaare auf mich gerichtet zu sehen – und ich würde keinen ton herausbekommen!" Aber er ist in schwung, das herumrennen tut ihm gut, er ist ganz konzentriert auf seine rolle: Seine Maria und ihr ungeborenes kind haben eine anstrengende reise hinter sich, brauchen jetzt eine unterkunft! Er kann die verzweiflung Mariens spüren, er spürt seine eigene verzweiflung von heute morgen und die von jetzt.

Er ruft in die eine ecke der bühne, ob denn da niemand ein zimmer für sie habe. Ein imaginärer wirt scheint ihn zurückzuweisen. Er rennt und schreit in die andere ecke. Jemand scheint ihn wegzustoßen, er stürzt. Er rappelt sich auf und geht ganz vorne an die rampe der bühne:

„Wer von euch hat ein zimmer für uns?" Keiner hebt den arm.

„Sie da, mit dem pelzmantel – sie haben doch bestimmt platz zuhause! Oder eine einliegerwohnung, und die kinder sind schon aus dem haus!"

Hie und da möchte jemand zögernd den arm heben, schaut sich um und senkt ihn dann aber wieder.

„Sie! Oder sie!"

Die zuschauer sind schockiert. So direkt wollten sie an weihnachten nicht auf die nächstenliebe angesprochen und mit problemen konfrontiert werden. Sie wollten sich gemütlich zurücklehnen und sich seelisch auf das weihnachtsfest vorbereiten lassen.

Dem Domdekan ist inzwischen das herz in die hose oder noch tiefer gerutscht. Was machen die da mit seinem schönen krippenspiel? Eine welt bricht für ihn zusammen. Jetzt kann er einpacken, denkt er.

Josef-Bastian fällt gar nicht auf, dass er nicht ein mal gestottert hat. Er ist ganz in seiner rolle aufgegangen.

Maria reitet auf einem esel herein. Spot auf Maria.

Was für ein naturgetreuer auftritt! Maria strahlt eine würdevolle ruhe aus. Die nahenden ereignisse lassen sie seltsam entrückt und doch ganz geerdet erscheinen. Sie thront nun in der mitte der bühne, wie eine königin.

Theresa, die eigentlich angst vor großen tieren hat, konnte sich vorher mit ihm anfreunden, hat ihn mit hilfe der tierpflegerin gefüttert und fühlt sich nun wohl auf diesem esel. Sie hätte nicht gedacht, dass es sich so angenehm darauf reiten lässt. Sie will gerade beherzt abspringen, da fällt ihr ein, dass sie ja schwanger ist und sprünge meiden sollte.

Sie ruft: „Josef, lass die leute in ruhe. Guck mal, da ist ein stall. Das geht doch auch. Jetzt hilf mir mal herunter.“

Eigentlich wird ihnen der stall doch vom wirt zugewiesen, denkt sich der Domdekan und rutscht immer tiefer in seinen sitz hinein. War das eine gute idee mit dem improtheater?

Aber Josef-Bastian hat sich in rage geredet. Er tritt nochmal an den bühnenrand und - atmet ganz langsam tief ein und - hält die luft an. Mit ihm wagen 500 menschen nicht auszuatmen. Dann atmet er wieder aus und sagt leise – das mikrofon trägt es in jeden winkel der kirche:

„und – wie sind sie hierher gekommen? Mit dem esel? Zu fuß? mit dem bus - dem klima zuliebe? Wie ist ihr ökologischer fußabdruck heute abend?

„Josef-Bastian!" ruft Maria-Theresa jetzt energisch vom esel herunter, der begonnen hat ein paar halme an einem heuballen zu knabbern. Josef wendet sich ihr zu, hebt sie von dem grautier und setzt sie sanft auf den boden. Sie bewundert seine starken arme, selbst auf der großleinwand kann man seine muskeln sehen. Langsam wird der stall angestrahlt, er ist mit großen
tüchern angedeutet. Langsam entspannen sich die menschen wieder. Langsam öffnet der Domdekan seine augen.

Langsam sinkt Maria ins stroh.

Der esel findet hinter ihr einen platz neben dem ochsen, der ruhig vor sich hin kaut. Klammheimlich hat sich Lucy dazu geschlichen. Sie legt sich zur verwunderung aller zwischen Maria und die anderen tiere, kreuzt die pfoten und legt ihre schnauze darauf. Eine kamera fängt diesen augenblick ein und dieses friedliche bild versöhnt die menschen, lässt sie wieder zur ruhe kommen.

Wo ist eigentlich der Domdekan geblieben?

In dem moment, als der hund plötzlich ganz groß auf der leinwand erscheint, denkt er sich: jetzt ist es vorbei! Das ist kein krippenspiel, das ist ein zirkus! Gut, dass die steinigung abgeschafft wurde.

Er lässt sich leise vom stuhl gleiten und schiebt sich unbemerkt am boden vor der bühne vorbei. Weiter als bis zum ersten

beichtstuhl kommt er aber nicht. Alles ist mit stühlen und publikum zugestellt. Er steigt unbemerkt in einen beichtstuhl, kauert sich zusammen und wartet auf den weltuntergang.

Nun beginnt der chor, der bisher im dunkeln stand.

Es wird hell um den chor. Ein summen, das an- und abschwillt, schwingt durch die hohen räume. Obertöne entstehen. Die exorbitante mikrofon- und soundanlage fängt die stimmen ein und lässt sie durch das ganze kirchenschiff schweben. Die streicher gesellen sich leise dazu.

Die menschen erlauben es sich von diesen sphärischen klängen getragen zu werden. Die beleuchtung kommt in bewegung, wie polarlichter nur in anderen, wärmeren farben beginnt bethlehem vor ihren augen zu leben.

Ein vorhang wird dezent vor Maria gezogen. Georg betritt die bühne.

Er rezitiert aus der weihnachtsgeschichte, fügt eigene worte hinzu, die geschichte wird aus seinem mund lebendig. Der chor wird leiser, geigen und harfen übernehmen die sphärischen töne. Georg erzählt mit einfühlsamen gesten, seine stimme klingt heute noch wärmer, voluminöser:

„Und sie gebar ihren ersten sohn."

Maria bekommt von einer mutter hinter dem vorhang ihren frisch gestillten säugling in die arme gelegt. Er ist schon drei monate alt, hat schwarze lockige haare, riecht nach milch und vanille und lächelt im schlaf. In seinem einfachen leinenkleid sieht er so klein, zart und so anbetungswürdig aus.

Das ist einfach zu viel für Theresa. In diesem moment passieren ganz viele dinge gleichzeitig. Maria-Theresa spürt ein ziehen in ihrer brust und in ihrem bauch. Ihr herz geht auf. Und all die vielen gründe, die sie immer in ihrem leben hatte, warum sie keine kinder wollte, und die immer mehr ihr herz beschwert haben, fallen nun von ihr ab.

Die musik steigert sich zu einem höhepunkt hin.

Aus Maria-Theresas innern bricht ein schrei heraus, den sie nie für möglich gehalten hätte. All ihr verlust, ihr schmerz, all ihre liebe, die sie gerne einem kind, ihrem kind, gegeben hätte, liegen in diesem schrei.

Das hören und spüren auch die menschen im dom. Das mikrofon hat diesen schrei bis auf die emporen getragen. Er hallt noch nach. Allen menschen, selbst den tieren stockt der atem. Manche fragen sich, ist das der geburtsschmerz Mariä in sehr realistischer darbietung?

Und dann hört man ein leises babyweinen. Es ist nämlich aufgewacht. Alle sind ergriffen, taschentücher werden gezückt. Die richtige mutter ist sofort da, aber der kleine jesusdarsteller hat sich von Maria sogleich wieder in den schlaf wiegen lassen, und die mutter ist beruhigt.

Die musik wird leiser, hört ganz auf. Georg ruft in die stille: „Der Heiland ist euch heute geboren ..."

Der vorhang wird zur seite gezogen. Ohhs und ahhs sind zu hören. Auf der großleinwand wird zu Maria und dem baby gezoomt. Jesus schläft wieder mit einem zarten lächeln, Marias gesichtsausdruck ist seltsam entrückt. Sie drückt ganz sanft das

Baby an sich und denkt: das ist der glücklichste moment in meinem leben! Sie hat alles andere um sich vergessen. So muss es sein, wenn man den Heiland hat.

Josef hat dem ganzen nur zuschauen können. Jetzt stellt er sich hinter Maria, legt beide großen zimmermannshände auf ihre schultern und drückt ihr – er ist selbst überrascht – einen leichten kuss auf die haare. Die Menschen sind entzückt von dieser geste, von der so gar nichts in der bibel steht.

Der chor und das orchester setzen ein mit einer variation von „zu bethlehem geboren." Leise summen manche besucher mit. Sie sind noch gebannt von den bildern und von den geschehnissen im stall. Die scheinwerfer werden gedimmt, eine friedliche atmosphäre breitet sich aus.

Ein anderer scheinwerfer wird langsam heller, bis alle menschen im dom zwei große flügel sehen. Das licht fadet zu blau. Engelin Angela steht langsam auf. Sie entfaltet ihre flügel, die im strahlenden weißblauen licht von oben noch größer erscheinen. Sie schaut in den dom. Ihr gesicht ist von klarheit erfüllt, ihre augen scheinen zu leuchten. Da ist nichts mehr von einer frau, die vorhin noch hinter der theke eines glühweinstandes bediente. Sie hat eine solche strahlkraft, stärke und präsenz, dass manchem ein schauer über den rücken läuft. Ein glanz breitet sich von ihr aus und erfasst alle. Wenn sie jetzt sprechen würde, dann würde alles hinweggefegt. Furcht will aufkommen.

Doch da steht Georg auf.

Er war vorher unter ihren gewaltigen flügeln verborgen gewesen. Er breitet nun auch die arme aus und spricht für sie:

„Fürchtet euch nicht!"

Seine stimme erscheint noch mächtiger als sonst.

„Seht, ich verkünde euch große freude. Heute ist euch der Heiland geboren. Überzeugt euch selbst. Kommt! Ihr findet ihn als kind in windeln gewickelt in einem stall."

Mit einem mal setzt das ganze orchester ein, der gesamte chor steht auf und singt:

„Ehre sei Gott in der höhe und friede allen menschen!"

Licht durchflutet nun den ganzen raum. Erlöst von der anspannung der vergangenen szenen stehen menschen auf, singen mit, jubeln mit und manche – sie wissen nicht wie und warum - fallen sich in die arme.

Inzwischen sind die hirten mit ihren schafen auf die bühne gewandert. Lucy und ihre hütehund-instinkte erwachen. Sie bellt (der Domdekan im beichtstuhl zuckt zusammen und hält sich die ohren zu) dann gesellt Lucy sich zu den hirten und hirtinnen, als gehöre sie schon immer dazu.

Georg deklamiert:

„Und die hirten sagten: kommt lasst uns nach bethlehem gehen und anschauen, was Gott uns bekannt gemacht hat ..."

Die hirten wenden sich dem stall zu.

„... und sie fanden Maria und Josef und das kind. Alle staunten darüber. Maria aber merkte sich alle diese worte und bewegte sie in ihrem herzen." (Lukas 2:19)

Nun setzt auch die orgel wieder ein und alle möchten in den liedern ihre freude mit hinaussingen: „Oh du fröhliche", „Alle jahre wieder" und „Engel auf den feldern singen …. Glohohohohoho-ria!"

Menschen fassen sich an den händen, ein kinderaugenleuchten macht sich auf vielen gesichtern breit …

Maria und das Jesuskind sitzen nun in der mitte der bühne.

Maria strahlt, ist glücklich über jeden moment, den sie dieses kind in den armen halten darf. Die mutter ist hinzugetreten und steht stolz neben ihr, legt ihr eine hand auf die schulter. Josef steht dicht neben Maria, eine hand auf ihrer anderen schulter. Georg hat seitlich davon ein knie gebeugt, schaut auf diese szene, ist selbst ergriffen von dem kind und der macht der engelin, die sich nun hinter sie stellt und ihre schwingen wie ein zelt über alle hält. Die hirten und die schafe lassen sich vor ihnen nieder. Und da trippelt auch die kleine Lucy hervor und legt sich vor das Jesuskind. Was für ein bild!

Das licht in der mitte wird langsam gedimmt.

Nach einer ganzen weile geht ein spot auf und fällt auf den Bischof, der nun die Bühne betreten hat. Die menschen setzen sich wieder. Er atmet tief durch, braucht einen moment, um sich zu fassen.

„Ich denke, nach diesem beeindruckenden krippenspiel haben wir alle einen segen nötig."

Er spricht den menschen den weihnachtssegen zu. Und bevor die leute aufspringen und zu ihrer bescherung eilen, hebt er noch einmal die stimme:

„Alle, die heute abend nicht alleine sein wollen, sammeln sich vor dem haupteingang links neben der marienfigur. Und alle, die heute abend noch jemand mitnehmen möchten zum feiern, holen sich dort einen mitmenschen ab!"

Dann dankt er noch den beteiligten des krippenspiels. Alle werden gewürdigt, die schaupielerinnen, der chor, die instrumentalisten, die vielen leute, die hinter und vor der bühne gearbeitet haben.

„Last but not least – unser Domdekan Brühl, dem wir auch in diesem jahr wieder ein besonderes highlight mit seinem krippenspiel zu verdanken haben. Ja, wo ist er denn?"

An den reaktionen der menschen hat der Domdekan langsam erkannt, dass sich alles doch noch irgendwie zum guten gewendet hat. Er schickt mit einem tiefen seufzer ein danke gen himmel und bahnt sich bei den letzten worten einen weg zur bühne. Ganz bescheiden verneigt er sich.

Nun braust beifall auf. Die menschen stehen auf und verleihen ihrer begeisterung ausdruck, rufen „bravo! Hallelujah! Frohe weihnachten!" Die kameras fangen nun im wechsel bilder von Jesus, Maria, Josef, Lucy und den anderen ein, dazwischen bilder von gottesdienstbesuchern, die jubeln, weinen, lachen...

Nur die Engelin – sie ist nicht mehr da. Das geht im jubel und trubel unter.

Langsam kommt bewegung in die menge. Menschen wünschen sich frohe weihnachten, drücken sich, drängeln dem ausgang entgegen.

Domdekan Brühl ist noch ganz überwältigt von der göttlichen fügung, und will sich gerade zurückziehen, da vibriert es in seiner soutane. Eine whatsapp poppt auf:

„Lieber herr Domdekan, wir müssen leider unseren auftritt für morgen absagen – zwei mitglieder der truppe sind wegen eines verpassten fliegers noch nicht aus neuseeland zurück! Sorry."

Wieso hat er diese nachricht nicht schon gestern bekommen? Er wundert sich über nichts mehr.

Auch Theresa, Bastian, Georg und Lucy machen sich auf. Sie legen ihre kostüme ab, und es zieht sie zum hinterausgang. Dort hoffen sie Angela zu finden. Sie möchten sich bei ihr bedanken für ihre engelsgleiche geduld und ihre vielen ermutigungen und ihre kraft.

Aber der platz hinter dem dom ist leer. Keine bude, kein stehtisch, nur das wasserschälchen für Lucy steht noch da. Es ragt aus einer dünnen schneeschicht hervor.

Ratlos wandern sie um den dom herum. Einige schneeflocken fallen leise auf sie herab. Die vier kennen sich kaum, nicht mal einen tag, und doch fühlen sie sich verbunden. Die köpfe sind worteleer, weil die herzen so voll sind. Sie gelangen an das große domportal. Einige wenige grüppchen stehen noch bei der marienfigur umher. Da löst sich ein mann mit schwarzem

mantel aus einer solchen und kommt auf sie zu. Es ist der Bischof.

„Sapperlot[2]! Sie haben mir eine große freude bereitet!" ruft er.

„Das ganze licht- und soundgedöns wäre gar nicht nötig gewesen. Ihre worte und ihre schauspielerischen leistungen allein hätten genügt."

Die vier bleiben stehen, wissen nicht, was sie sagen sollen, bis auf Lucy, sie macht: „Wuff."

„Wo haben sie denn den Engel gelassen? Hätte ich gerne kennengelernt. Also grandios! So habe ich mir immer Engel vorgestellt, mit sanftheit, anmut und doch autorität."

„Also die Engelin," beginnt Georg, wird aber gleich wieder vom Bischof unterbrochen:

„Aber, was texte ich sie denn zu – kommen sie doch noch mit, ich wohne hier gleich um die ecke! Oder haben sie noch etwas vor?" Die vier schauen sich an.

„Also eigentlich nicht," antwortet Bastian zögernd.

„Na dann los," ruft der Bischof sichtlich aufgekratzt.

In der großen, aber keineswegs prunkvollen wohnung des Bischofs fühlen sie sich gleich wohl. Allerdings merken sie bei einem blick in den spiegel im flur, dass sie noch geschminkt sind. Eine nach dem andern verschwindet in der gästetoilette und reinigt sich, so gut es geht, das gesicht. Lucy braucht das nicht und erhält gleich ein schälchen wasser in der küche.

Das wohnzimmer ist riesig, aber gemütlich. Ein langer holztisch scheint wohl auch für dienstliche besprechungen gedacht zu sein. Eine bequeme couchlandschaft lädt sie zum hineinsinken ein. In einer ecke steht ein kleiner weihnachtsbaum. Eine wand besteht nur aus büchern aus aller welt. Als Theresa, Georg, Bastian und Lucy sitzen, kommt der Bischof aus der küche mit einem wägelchen, auf dem oben kalte platten mit leckeren häppchen und unten getränke aller art stehen.

„Woher haben sie das so schnell gezaubert?" entfährt es Theresa. Der Bischof grinst:

„Wir haben nebenan ein stift mit einer großküche. Die denken immer, ich verhungere und versorgen mich liebevoll mit übrig gebliebenen speisen."

Nachdem fast alle ihren hunger und durst gestillt haben, der Bischof kaut noch, ergreift Georg das wort:

„Lieber herr Bischof, wir müssen ihnen etwas gestehen: wir sind eigentlich gar keine theatertruppe. Wir haben uns heute das erste mal gesehen und wissen nicht, wie wir da hinein geraten sind. Allerdings haben wir gerade heute das gefühl, das leben ist wie ein einziges theaterstück und voller wunder."

Der Bischof vergisst zu schlucken. Verschluckt sich dann doch und alle klopfen ihm kräftig auf den rücken, bis er wieder luft bekommt. Während der Bischof sich die tränen aus den augen wischt, fährt Georg fort und erzählt die ganze geschichte.

Wie er heute morgen nach seiner fortbildung „seelsorge im migrationskontext" nicht mehr in seine wohnung kam, und wie er zum glühweinstand und zu Angela gelangte, und dass ja

Maria und Josef eigentlich auch flüchtlinge waren und auf wohnungssuche wie er.

Theresa legt ihre geschichte nach, dass sie ihre firma auf einen schlag verloren habe, aber inzwischen kein bisschen traurig sei, und dass sie sich mit dem Jesuskind auf dem arm noch nie so glücklich gefühlt hat. Und dass sie es nicht durchgestanden hätte, wenn Angela nicht da gewesen wäre und Josef-Bastian nicht seine hand auf ihre schultern gelegt hätte.

Dann ist Bastian dran. Bei manchen f-lauten holpert er noch ein bisschen, aber er fühlt sich noch so josefsmäßig, dass er flüssig seine vom-bankraub-bis-heute-abend-geschichte erzählen kann. Und dass er sich so stark gefühlt hat, als die engelin ihre flügel über sie ausgebreitet hat. Und – so platzt es aus ihm heraus - dass er es toll fände, wenn Maria wirklich seine verlobte wäre...

Diese schaut ihn überrascht an, weiß nicht wie ihr geschieht, nickt dann aber nachdenklich.

Und zum schluss darf auch Lucy noch einmal „wuff" sagen.

Nun sollte man meinen, ein Bischof sei doch mit allen wundern gewaschen. Aber das hier beeindruckt ihn doch mehr als sonst. Da muss die hand des Höchsten im spiel gewesen sein! Er ruft laut:

„Halleluja" und sagt dann:

„Das mit dem improtheater, das hängen wir mal nicht an die große glocke, obwohl wir ja solche hätten," er zwinkert, „aber wir überlegen jetzt mal eins nach dem anderen! Heute ist Heiligabend und ich würde mich riesig freuen, diesen besonderen abend mit euch zusammen zu verbringen. Ihr könnt auch alle hier übernachten, es gibt mehrere gästezimmer."

Nachdenklich schaut er Georg an:

„Für sie habe ich auch schon eine idee. Wir suchen gerade jemand für die die innerstädtische flüchtlingsseelsorge. Wär das nichts für sie? Eine wohnung im stift wäre vorhanden."

Georg strahlt: „Wow, was für eine fügung!" Er springt auf und drückt den Bischof herzlich.

Der Bischof fährt fort, an Theresa und Bastian gerichtet:

„Ich denke, ihr zwei findet bestimmt gemeinsam eine lösung für eure wohnungsfrage. Und dann wäre da noch etwas - frauen mit ihrem organisationstalent benötigen wir ganz dringend in unserer kirche. Da werden wir doch etwas finden."

Er denkt nach.

„Tja, und ich meine gehört zu haben, dass die dombauhütte gerade einen schreiner sucht, der schwindelfrei ist."

„Für den hund habt ihr bestimmt auch noch eine andere idee als das tierheim." Und an Lucy gerichtet: „Zu wem möchtest du denn am liebsten?"

Lucy schaut sich um. Dann springt sie auf das sofa neben den Bischof und rollt sich ein. Alle lachen und freuen sich und es ist liebe um sie her, oder weihnachten, oder beides zusammen, oder ist das nicht das gleiche?

Anmerkungen

[1] Lukas 2: 1-20

[2] Sapperlot - Herkunft: Entstellung von *sackerlot*, sacre nom (franz. heiliger Name), Sakrament, (nach Wikipedia)

Vielen dank an meine frau Margarita für tipps und verbesserungsvorschläge.

Vielen dank an Corinna Warzecha für den „Katholizismus-Check".

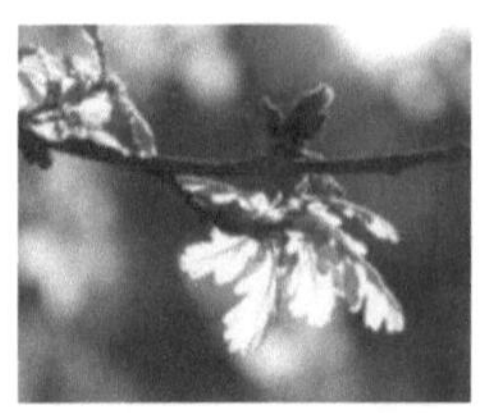

Wie der Eichenbaum in die Kirche kam, und warum Marie zwei Mal Weihnachten feierte

„Pressen!" schrie Jo. Er dachte zumindest, er müsse das rufen, denn Anne hatte wieder eine Presswehe, die auch ohne sein Kommando stattgefunden hätte. Ihm lief der Schweiß von der Stirn, was ihm als gelerntem Schreiner selten passierte, denn er war fast zwei Meter groß, so lang wie sein Zollstock, hatte riesige, braun gebrannte Schaufeln als Hände und nichts brachte ihn aus der Ruhe oder zum Schwitzen. Bis jetzt.

Seine Frau Anne dagegen war klein, zierlich, hatte wasserblaue Augen und dunkles Haar. Mit dem VW-Bus waren sie losgezogen. Es sollte der letzte Urlaub zu zweit werden. Die Frauenärztin hatte prognostiziert, der Termin läge Ende Oktober. So waren sie denn im September in die Provence aufgebrochen. Doch ihre ungeborene Tochter hielt sich nicht an diesen Termin. In den frühen Morgenstunden hatten die Wehen gemeint, sie müssten jetzt und hier einsetzen, so stark, dass man nicht mehr in ein Krankenhaus aufbrechen konnte. Da dachte sich die Fruchtblase: Ok, wenn's losgehen soll – ich bin dabei!

Jo konnte gerade noch einen Notruf in gebrochenem Französisch ins Handy sprechen. Dann band er seine blonden Haare zurück zu einem Zopf. Nun lag Anne unter einer südfranzösischen Eiche auf allen Decken, die sie zur Verfügung hatten, in seinen Armen und dachte: Kann es einen schöneren Ort für eine Geburt geben? Jo überlegte noch, ob er, wie in den Filmen, schnell noch heißes Wasser bereiten sollte – aber wozu? Auch

zum Googlen war keine Zeit mehr. So erblickte Marie Claire - der Name sollte zeigen, dass die Eltern frankophil waren - spontan das Licht der Welt unter dieser großen schattenwerfenden Eiche. Mit einem kurzen Schreien begrüßte sie Frankreich und ihre Eltern und lag dann ruhig atmend auf dem Bauch ihrer Mutter.

In diesem Moment fiel ein kleines Blatt vom Eichenbaum herab. Lautlos, fast wie in Zeitlupe senkte es sich auf den Kopf des neugeborenen Mädchens. Jo war es, als ob die Natur einen Segen über das Neugeborene aussprechen wollte. Er nahm das Blatt vorsichtig vom Kopf seiner Tochter und legte es später in sein Tagebuch.

Ein Notarzt kam, ein kurzer Krankenhausaufenthalt, eine Urkunde von der örtlichen Mairie, das ist die Bürgermeisterei in Frankreich, und bald waren sie wieder zu Hause in Süddeutschland.

Bei Maries Taufe legte Papa Jo das Eichenblatt aus Südfrankreich in das Taufbuch. Marie wuchs heran und als hätte das Eichenblatt ihr eine Botschaft für ihr Leben gegeben – sie liebte Bäume, alle Bäume. Sie spielte am liebsten unter der alten Eiche im Garten, deren dichtes Blätterkleid sie vor Sonne und bisweilen vor Regen schützte. Sie umarmte manchmal einen Apfelbaum bei den vielen Spaziergängen über die Streuobstwiesen. Und darauf angesprochen antwortete sie:

„Mama, ein Baum braucht das - genauso wie ich und wie du."

Beim Klettern auf den Obstbäumen ging sie behutsam vor, um keinen der kleinen Äste abzubrechen. Obst wollte sie erst keines essen, weil man es dem Baum „weggenommen" hatte und

Gott doch alle Lebewesen – auch die Bäume – lieb hat. Erst als Papa Jo ihr erklärte, dass Gott und der Apfelbaum ihr die Frucht gerne schenken würden, war sie mit dem Verzehr einverstanden. Am nächsten Tag ging sie auf die Obstwiese und bedankte sich. Seitdem bekamen die Obstbäume öfter Geschenke von ihr, die dann im Wind flatterten oder auf den Ästen saßen. Und so manches Stofftier wechselte nun vom Kinderzimmer auf einen Baum im Garten.

Kaum war sie in der Grundschule, wollte sie ganz viel über Bäume lernen. Marie überraschte in Sachkunde ihren Lehrer mit der Äußerung:

„Eichen stehen für Kraft und langes Leben. Sie können viele hundert Jahre alt werden."

Auch im Fach Religion lauschte sie den Erzählungen der Lehrerin über die Schöpfungsgeschichte: *„Und das Land brachte junges Grün hervor, alle Arten von Pflanzen, die Samen tragen, **alle Arten von Bäumen**, die mit ihrem Samen darin Früchte bringen. Gott sah, dass es gut war. Es wurde Abend, und es wurde Morgen: der dritte Tag."*

Ganz viel Freude konnte man Marie mit Büchern über Bäume machen. Auch liebte sie Spielsachen aus Holz, von denen sie annahm, dass es ebenfalls Geschenke von Bäumen waren. Und dass Papa Jo ein Schreiner war, erwies sich als besonderer Segen, da er nicht nur wunderschön geformte Spielzeuge für sie anfertigen konnte, sondern auch viele Holzarten in seiner Werkstatt hatte.

Die Verwandten und Freunde der Familie waren überrascht, wenn Marie Weihnachtsgeschenke aus Plastik zurückwies. So

bekam sie meist Geschenke, die mit Bäumen zu tun hatten, Bücher, Holzbaukästen, Holzkugeln, Holzfiguren für das Holzpuppenhaus und die Weihnachtskrippe.

Ja, Weihnachten. Marie sollte nach den großen Ferien in die 2. Klasse kommen. Da klagte sie öfter über Müdigkeit. Dieses quirlige Mädchen war plötzlich sehr ruhig geworden. Sie kletterte nicht mehr auf ihre Lieblingsbäume und wollte nicht mehr hinaus. Nicht nur die Lehrerin machte sich Sorgen. Zu Hause mochte sie kaum noch etwas essen und ihre Haut wurde trotz Sommerbräune immer blasser.

Ärzte und Ärztinnen wurden konsultiert, Zweitmeinungen eingeholt und im Internet nachgelesen. Die schreckliche Diagnose ließ nicht lange auf sich warten: Akute Leukämie. Nach endlos scheinenden Untersuchungen und Therapien blieb irgendwann die Frage: Wie lange noch? Plötzlich war nicht mehr sicher, ob Marie das kommende Weihnachtsfest noch erleben würde.

Niemand konnte es fassen. Dieses kleine lebendige Mädchen sollte sterben? Gab es denn keine Therapie, die half? Neue Medikamente? Ein Wunder?

Ein letzter Versuch mit einer Stammzellentherapie wurde eingeleitet, aber Weihnachten rückte immer näher und nichts nährte bisher die Hoffnung auf Besserung oder Heilung.

Marie wusste um ihren Zustand, sie ahnte, dass ihr Leben zu Ende gehen könnte. Wie viele Kinder in dieser Lage sprach sie ohne Hemmungen von ihrer Krankheit. Sie trippelte langsam zu den Bäumen im Garten und erzählte ihnen von ihrer Leukämie. Sie wollte so gern wieder auf ihre heißgeliebten Bäume klettern. Aber am meisten wünschte sie sich noch einmal

Weihnachten mit ihrer Familie zu feiern, mit Kirche, mit Liedern, mit Geschenken aus Holz, mit Plätzchen und allem Drum und Dran.

Jo und Anne besprachen sich mit Gemeindemitgliedern. Und sie hatten einen Plan. Würde die Kirchengemeinde wohl mitziehen? Ließen sich Plätzchen schon Anfang November backen? Woher so früh einen Weihnachtsbaum nehmen? Außerdem hatte Marie bei dem Baum auch noch einen besonderen Wunsch: Der Weihnachtsbaum sollte eine Eiche sein.

Jo arbeitete jetzt kaum noch in seiner Schreinerei. Er saß am Computer und hängte sich ans Telefon. Nach langem Suchen fand er eine Gartenbaufirma, die bereit war, für diesen besonderen Zweck zwei Eichen auszuleihen. Eine kleine für zu Hause, eine große für die Kirche. Eine drei Meter hohe Eiche kann durchaus 500 Euro kosten. Aber nur die Transportkosten mussten übernommen werden. Schnell sprach sich in der kleinen Stadt herum, was Maries Familie vorhatte. Die Anteilnahme war groß, denn alle kannten das fröhliche Kind mit den blonden Haaren und der Vorliebe für Bäume.

So ließ sich die Pfarrerin überzeugen einen Weihnachtsgottesdienst schon im November zu feiern. Sie sagte, sie habe schon einmal von einer Geschichte gehört, in der ebenfalls für ein sterbenskrankes Kind Weihnachten vorverlegt wurde. Sie erwähnte nicht, dass das Kind damals doch noch vor Weihnachten gestorben war.

Eine der Eichen durfte neben dem Altar aufgestellt und vorsichtig geschmückt werden, denn sie sollten ja ohne Lametta wieder zurück ins Gartencenter. Der außergewöhnliche Weih-

nachtsgottesdienst würde an einem Sonntag stattfinden, damit möglichst viele Menschen Zeit für diesen besonderen Kirchenbesuch hatten.

Andere Mütter und Väter boten an mit Marie zu backen. Und natürlich fand sich auch bald ein Backform mit Baummotiv. Ein befreundeter Schlosser fertigte eine Form an, die ein Eichenblatt darstellte.

Geschenke wurden gebastelt, gekauft oder bei Ebay ersteigert und dann alles schön verpackt. Langsam kam der ganze Ort in Weihnachtsschwung und auch die Stimmung veränderte sich. Nun erklangen schon hie und da Weihnachtslieder, Fenster und Wohnungen wurden dort geschmückt, dort, wo Marie es sehen konnte, wenn sie im Rollstuhl vorbeigefahren wurde.

Der kleine Eichenbaum in Maries Wohnung erreichte fast die Decke, so dass ein kleiner Weihnachtsengel gerade noch Platz darauf hatte. Auf Lametta verzichteten sie, aber einige Kugeln und Strohsterne ließen sich an der Eiche befestigen. Sogar die Weihnachtskrippe fand Platz darunter. Sie war wie in den vergangenen Jahren mit jeder Menge kleiner Holzbäumchen umgeben, die Marie im Laufe der Zeit geschenkt bekommen hatte, und natürlich mit den geschnitzten Figuren.

Endlich kam der „Heilige Abend". Die Glocken gaben alles für ihr Weihnachtsgeläut, Lichterketten wurden eingeschaltet und es roch überall nach frisch gebackenen Plätzchen. Einige ältere Mitbürger, die nicht von der vorgezogenen Feier gehört hatten, fragten sich: „Ja, ist denn heute schon Weihnachten?"

Man hatte bis 19 Uhr gewartet, da es doch dunkel sein sollte. Die Pfadfinderjungen und -mädchen bildeten vor der Kirche

ein Spalier mit Fackeln. Die Kirche war so voll wie an Weihnachten. Der Chor sang „Macht hoch die Tür, die Tor macht weit." Marie wurde von ihrer Mutter im Rollstuhl nach vorne gebracht. Dort hatte man ein kleines Bett bereitgestellt, da Marie nicht mehr lange sitzen konnte.

Warm eingepackt lag sie nun unter dem geschmückten Eichenbaum. Ein leichtes Strahlen ging über ihr blasses Gesicht und sie sagte später, sie habe sich in diesem Moment, umgeben von Baum, Familie und lieben Menschen, dem Himmel ganz nahe gefühlt. Die Krippe mit den fast lebensgroßen Figuren war neben ihrem Bettchen aufgebaut. Das Jesuskind lag im Heu und im Stroh und streckte segnend seine Hand aus. Maria und Josef betrachteten es froh. Die Hirten waren noch nicht dabei, aber Ochs und Esel blickten erstaunt in ihre Futterkrippe, die gerade zum Schlafplatz umfunktioniert worden war.

Die Orgel begann zu spielen „Ihr Kinderlein kommet, oh kommet doch all." Und da waren sie, die Kinder, sogar Maries ganze Schulklasse einschließlich der Kinder aus anderen Ländern und Kontinenten war gekommen.

Sichtlich bewegt trat die Pfarrerin an das Mikrofon. Ihre dunklen Locken, die sie auch sonst kaum bändigen konnte, zeigten fast immer ihren Gemütszustand. Heute standen sie nach allen Seiten ab. Sie hatte dieses Amt frisch übernommen und kannte ihre Gemeindemitglieder noch nicht so gut. Sie wusste nur, dass die Menschen hier Neuem gegenüber nicht so aufgeschlossen waren wie in der Stadt, in der sie zuletzt tätig war. Aber da sie den Höchsten auf ihrer Seite wusste, legte sie Ihre ganze Präsenz und Kraft in ihre Stimme: „Liebe Gemeinde, liebe Marie Claire..." Sie blickte in das Kirchenschiff, stockte und brauchte einen Moment sich zu fassen, denn sie sah auch in die neugierigen Gesichter von nichtchristlichen Eltern und Kindern, Kindern mit dunkler Hautfarbe, die vielleicht zum ersten Mal eine Kirche von innen sahen.

Eigentlich stand nun auf ihrem Zettel der Satz: „Das ist wahrlich christlich, wenn Menschen für ein kleines Mädchen an einem Novemberabend zusammen kommen, um ein außerordentliches Weihnachten zu feiern." Aber sie schaute in die Gesichter der muslimischen und buddhistischen Kinder und ihrer Eltern – und sie formulierte schnell um: „Das ist wirklich Liebe, wenn eine ganze Stadt für ein kleines Mädchen in der Kirche zusammenkommt, um Weihnachten mit ihr schon im November zu feiern."

Der Kirchenchor hatte sich seit dem Sommer gut vorbereitet. Aber dass er bereits etliche Wochen früher die Weihnachtslieder vortragen sollte, war eine echte Herausforderung. Marie freute sich darauf all die bekannten Lieder zu hören. Besonders gefiel ihr das Lied „Stille Nacht, heilige Nacht", da sie im Religionsunterricht die Geschichte zu diesem Lied gehört hatte. Sie wusste, es wurde vor 200 Jahren in Österreich vom Hilfspfarrer Joseph Mohr gedichtet. Außerdem liebte sie „Ich steh' an Deiner Krippen hier." Ein Lied, das noch einmal fast 200 Jahre älter war. So manches Taschentuch wurde gezückt, denn es schien so, als liege nun ein zweites Kind in einer Krippe unter dem Eichenbaum.

Es folgte die Weihnachtsgeschichte: „Es begab sich aber zu jener Zeit …"

Diese Bilder nahm die Pfarrerin auf und sie erzählte so, als lebte die Geschichte in der heutigen Zeit weiter. Sie liebte es, bei ihrer Predigt auf und ab zu gehen und nicht von der Kanzel herunter zu sprechen. Sie sagte, da sei sie näher bei den Zuhörenden. Es konnte auch einmal vorkommen, dass sie einem verdutzen Gemeindemitglied das Mikrofon hinhielt, um einen spontanen Kommentar zu bekommen. Heute hatte sie ein Headset, um sich und ihre Hände noch freier bewegen zu können.

Nun kam sie richtig in Schwung. Wenn sie vom Wüstensand sprach, dann hatte man das Gefühl ihn zwischen den Zähnen knirschen zu spüren. Wenn sie von der schwangeren Maria erzählte, fassten sich die Mütter an den Bauch. Wenn sie von den Wirten erzählte, die den Flüchtlingen keine Herberge gaben, so ballten manche Zuhörenden die Fäuste. Wenn sie den Stall beschrieb, so roch man förmlich Heu und Stroh, Ochs und Esel.

Beim Umhergehen und Erzählen kam sie immer wieder an der Krippe vorbei. Da machte sie plötzlich eine Pause - und - als würde sie von ihrem eigenen Schwung und einer heiligen Kraft angetrieben - nahm sie das Jesuskind mit beiden Händen aus der Krippe, trug es vorsichtig zu Marie und legte es ihr in die kleinen dünnen Arme.

Die Gemeinde hielt den Atem an. Stille breitete sich aus. Alle waren überrascht, berührt, ja überwältigt von dieser Geste. Keiner konnte hinterher sagen, wie lange diese Stille angehalten hatte. Niemand hustete, schniefte, scharrte mit den Füßen, ja selbst die Kerzen schienen für einen Moment das Flackern einzustellen.

Maria und Josef und die Tiere schauten weiter vor sich hin, starrten verdutzt auf die Stelle, wo ihr Jesuskind gelegen hatte. Jesus dagegen schien sich in der neuen Krippe sichtlich wohl zu fühlen, denn die einzige, die nicht sonderlich überrascht war, war Marie. Sie zog die Decke über das halbnackte Kind, es wurde ja nicht mehr von Ochs- und Eselatem gewärmt und drückte es fest an sich.

Diese Geste brachte wieder Leben in die Gemeinde. Ja, so sollte es sein, jede und jeder sollte jemand haben, der ihn wärmte, an sich zog und drückte. Und dieses Gefühl durchflutete plötzlich alle und jeder zog den oder die Menschen, die er neben sich sah, ob Atheist, ob Christ, Muslim oder sonst ein Glauben, an sich.

Die Kinder standen auf, kamen nach vorne, streichelten Marie und dem Jesuskind über den Kopf und umarmten auf dem Rückweg zu ihrem Platz die Pfarrerin, die die meisten aus dem Religionsunterricht gut kannten.

Sichtlich gestärkt und bestätigt übernahm diese wieder die Initiative. Ihre Locken hatten sich entspannt und gaben ihr ein anmutiges Aussehen - wie auf alten Heiligenbildchen, die es ja eigentlich in einer evangelischen Kirche nicht gab. Sie fand noch weitere anschauliche Worte und Bilder aus der Bibel, aus dem Leben Jesu, aus alten Geschichten, aber eigentlich war alles schon gesagt, und alle verstanden: das ist wirklich Weihnachten, das ist das Fest der Liebe!

Und eine Zuversicht breitete sich aus, und eine Welle von guten Gefühlen und Gedanken umflutete das Jesus- und das Marie-Kind. Niemand dachte mehr an die Krankheit, an die bangen

Sorgen von Jo und Anne oder gar an den Tod dieser beiden Kinder. Die Menschen waren erfüllt, als die Pfarrerin ihre Ansprache beendete. Eine gelöste Stille breitete sich aus und alle schauten auf dieses seltsame Paar im Kinderbettchen. Und als ob das noch nicht genug war an Ereignissen und Gefühlen - da löste sich ein Blatt vom geschmückten Eichenbaum und segelte seelenruhig hinunter auf Marie und blieb auf ihrer Stirn liegen.

Alle staunten ob dieses Zeichens. Aber nur Jo und Anne verstanden es. Sie schauten sich an und drückten still die Hand des anderen.

Eine Pause entstand. Es war, als müsste sich jeder ein bisschen ausruhen von der Fülle der Gefühle.

Die Orgel löste denn die Stille auf: „Vom Himmel hoch, da komm ich her", nach und nach stimmten alle ein. Und weil die Organistin selten eine so sangesfreudige Gemeinde hatte, ließ sie gleich noch „Alle Jahre wieder", „Hört der Engel helle Lieder", „Es ist ein Ros' entsprungen" und „Stille Nacht, heilige Nacht" folgen. Niemand mochte so recht die Kirche verlassen. Zu Hause wartete ja kein Weihnachtsbraten, und Geschenke gab es nur für Marie. Die anderen mussten noch warten. Einen Tannenbaum hatte ebenfalls noch niemand zu Hause stehen. Nur Marie hatte ihre Eiche.

Die Klassenkameraden verabschiedeten sich von Marie – sie wünschten ihr ein schönes Weihnachtsfest, gute Geschenke, dass sie nicht sterben solle, dass sie wieder in die Schule kommen und dass sie gesund werden solle.

Als alle aufbrachen, legte Anne das Jesuskind wieder in die Krippe. Sie hatte das Gefühl, Maria wolle gerne *ihr* Baby zurück

haben. Sie schaute einen langen Moment zur Namenspatronin von Marie, von Mutter zu Mutter. Ob Maria ahnte, welches Schicksal *ihrem* Sohn bestimmt war?

Jo hatte inzwischen Marie wieder in den Rollstuhl gesetzt. Ihre Wangen schienen ein wenig rosiger zu schimmern als noch vor wenigen Stunden. Die Pfarrerin beugte sich zu ihr hinunter, sie dankte ihr und sagte, sie habe selten einen so gefühlvollen Weihnachtsgottesdienst erlebt.

Als die Pfarrerin Marie zwei Wochen später besuchte, mochte sie ihren Augen kaum trauen. Marie lief umher, auch brauchte sie ihren Rollstuhl nur noch selten. Ihre Gesichtsfarbe und ihre Haltung hatten sich gewandelt. War sie auf dem Wege der Besserung? Hatte die Therapie angeschlagen? Hatte das Weihnachtsfest in der Kirche die Wende bedeutet?

Marie sprach eine Bitte an die Pfarrerin aus. Sollte sie ein zweites Mal Weihnachten feiern dürfen, so wolle sie nicht als „Wunder" oder als „Star" im Mittelpunkt stehen, sondern einfach und still und dankbar dabei sein. Dafür hatte die Pfarrerin Verständnis, und sie versicherte ihr, diesen Wunsch zu respektieren.

Nun rückte das „richtige" Weihnachten immer näher. Marie wurde immer zuversichtlicher, dass sie mitfeiern konnte. Sie spürte von Tag zu Tag kleine Fortschritte ihrer Genesung.

Und dann war der Heilige Abend zum zweiten Mal da. Wieder strömten alle zur Kirche, auch einige Eltern und Kinder, die sonst nicht in die Kirche gekommen wären. Eine große Tanne stand nun neben dem Altar, bunt geschmückt und mit vielen von Kindern gebastelten Sternen. Die elektrischen Kerzen blieben noch ausgeschaltet.

Ja und Marie war dabei! Für alle unfassbar hatte sich ihr Gesundheitszustand gebessert und die Ärzte gaben ihr gute Chancen gesund zu werden. Nur der Eichenbaum, der in der Kirche gestanden hatte, ließ beim Rücktransport alle Blätter fallen, als ob er seine ganze Lebensenergie in dieses eine Blatt gesteckt hätte, das auf Marie gefallen war.

Wird er im Frühjahr wieder neue Blätter bekommen?

Wie wird das 2. Weihnachtsfest in der Familie von Jo, Anne und Marie aussehen?

Wird sich das Verhältnis von Marie zu den Bäumen ändern?

Wie werden die Menschen, die Marie im November ein besonderes Weihnachtsfest beschert hatten, weiterhin Weihnachten feiern?

Foto: Thomas B. - Pixabay (free)

Wie der Affe
in den Stall von Bethlehem kam

Eine tierische Weihnachtsgeschichte

Heiligabend steht vor der Tür und wie jedes Jahr freue ich mich darauf. Der Baum ist gekauft, die meisten Geschenke auch, meine kluge Ehefrau hat vorausschauend für das Essen gesorgt, so dass wir es später gemeinsam zubereiten können. Meine Kinder sind in froher Stimmung. Auch sie haben sich vorbereitet.

Ja, froh, das ist anders als fröhlich. Froh, das ist, wenn im Innern eine Ahnung aufkommt, dass Weihnachten mehr ist als nur feiern, essen, schenken und *chillen*. Meine Tochter sagt *chillen*, wenn sie ganz zufrieden Zeit für sich haben kann. Und mein Sohn freut sich aufs *Abhängen*: Erst lange schlafen und dann mit Freunden *abhängen*. Meine kluge Ehefrau freut sich auf eine Badewanne mit duftenden Zusätzen. Sie mag gerne Weihnachtsfilme anschauen - und wenn keiner etwas von ihr will. Ich möchte endlich mal die vielen Bücher lesen, die ich zum Geburtstag geschenkt bekam, dabei ein paar Plätzchen naschen und ein Glas Rotwein trinken. Also einfach froh und munter sein.

Aber – in diesem Jahr kommt alles ganz anders. Es fängt damit an, dass wir noch eine Zutat für das Käsefondue benötigen. Muskat. Nun, das ist nichts Besonderes, aber ein Käsefondue ohne Muskat geht gar nicht. Meine kluge Ehefrau hatte aus der Küche gerufen: „Haben wir auch Muskat?" Und ich hatte am PC gesessen und ohne nachzuschauen ein „Selbstverständlich" zurückgerufen. Pech. So muss ich also am Heiligabend los in die Stadt, weil der kleine Laden in unserem Dorf schon geschlossen hat. Summend und mit einem guten Gefühl, denn es ist schön, wenn nichts auf der Einkaufsliste steht als ein Gewürz. Es ist auch schnell besorgt, und weiter summend schlendere ich noch ein paar Schritte durch die Stadt. An einer zugigen Ecke sitzt ein Bettler. Und da ich immer etwas gebe, lege ich auch diesmal eine Münze in seinen Pappbecher.

Aber was seh' ich da: Ein kleines zotteliges Wesen klammert sich an seine Schulter. Der Mann muss meinen überraschten Blick gesehen haben. Er beginnt von selbst zu sprechen. Er sei völlig schuldlos zu diesem Affen gekommen. Vor einer halben Stunde oder so … Er spricht mit schwerer Zunge und neben ihm entdecke ich eine Zweiliterflasche mit billigem Rotwein. Erst sei da eine Polizeisirene zu hören gewesen, quietschende Reifen, dann hastige Schritte und einer der beiden Männer, die um die Ecke rannten, hatte ihm einfach das Tier zugeworfen. Ohne Worte. Als das Blaulicht und die Sirenen näher kamen, habe er sich mit dem Tier unter seiner Decke verkrochen und gewartet bis sie vorbei waren. „Rotwein mag's nicht," stammelt er und kichert mit hustender Stimme. Er sieht meinen ungläubigen und besorgten Blick. „Sie können's ham – zehn Euro!"

Ich weiß nicht mehr, warum ich in meine Tasche greife, irgendeinen Geldschein rausziehe und das zitternde Etwas an mich nehme. Instinktiv stecke ich es unter meine Daunenjacke, wo es sich so fest an mich klammert, so als wolle es nie wieder loslassen. Es wird ein junges Tier sein, ein Orang Utan vielleicht und es wiegt fast nichts. Irgendein Hormon muss bei mir ausgeschüttet worden sein, ich drücke das kleine Lebewesen vorsichtig an mich und laufe weiter.

Einige Straßen weiter setzt mein Verstand wieder ein. Ich frage mich, ob ich noch alle Sinne beieinander habe. Mir fallen sämtliche Gesetze ein, gegen die ich gerade verstoße, vom Artenschutzabkommen mal ganz abgesehen. Irgendwie schaffe ich es zum Auto. Seufzend lasse ich mich auf den Sitz fallen. Weihnachtsreklame blinkt von den Geschäften ringsumher. „Bescheren Sie mit uns!" steht da. Ich knöpfe ein wenig die Jacke auf und schaue mir die „Bescherung" an. Es hat die Augen geschlossen. Lebt es überhaupt noch? Ja, ich spüre einen kleinen schnellen Herzschlag.

Es atmet ruhig, schläft und obwohl es ziemlich zerzaust und schmutzig aussieht, verströmt es einen merkwürdigen babyartigen Geruch. Ich knöpfe wieder zu, nehme mein Smartphone heraus und tue das einzig Vernünftige und wähle die Festnetznummer meiner Frau.

„Ich habe einen Affen", stammele ich, als sie abnimmt, im Hintergrund säuselt gerade „Last Christmas..." aus dem Radio. „Ach Schatz", antwortet sie, „findest Du nicht, dass es ist noch ein bisschen zu früh ist für Alkohol?" „Ja, äh, nein, ...äh, ja, ich bin absolut nüchtern – aber wahrscheinlich verrückt. Ich habe mir von einem Bettler ein Affenbaby andrehen lassen." Und ich erzähle ihr die Geschichte von Anfang an. Nun ist meine Frau, ich glaube, ich hatte es schon erwähnt, sehr klug. Sie schaltet sofort von weihnachtsmusik-emotional auf geschäftig-rational und sagt, ich müsse sofort die Polizei anrufen, möglicherweise sei das Tier gestohlen worden, dann zum Zoo fahren oder zu einer Tierauffangstation. Sie hat nebenbei auf ihrem Handy schon die Nummer des Zoos gegoogelt und gibt sie mir durch. Ich schreibe sie auf meinen Einkaufszettel, wo bisher nur das Wort „Muskat" stand.

Ich bedanke mich, lege auf und schaue nach meinem Baby. Meinem Baby? Ich kann es nicht fassen, wie schnell eine Bindung entstehen kann! Das Baby schläft immer noch, muss wohl aufregende Zeiten hinter sich haben. Außerdem fällt mir ein, unsere eigenen Babys schliefen meist 12-14 Stunden am Tag.

Ich wähle also erst einmal 110. Der Beamte klingt sehr hektisch, ist ziemlich ungehalten und erklärt mir zuallererst, dass das eine Notrufnummer sei und ich nur bei etwas ganz Dringendem anrufen dürfe, bei ihnen sei gerade der Teufel los und zudem sei es Heiligabend. Ich versuche mit wenigen Worten die Sachlage darzustellen. Er beruhigt sich etwas. Er habe nebenbei mitbekommen, dass ein Tierschmugglerring heute aufgeflogen sei und es damit zu tun haben könne. Er gibt mir eine Nummer – gut, dass ich den Einkaufszettel habe – und ich schreibe zum Muskat und der Zoonummer noch die der Kriminalpolizei. Ich wünsche „Fröhliche Weihnachten", aber er hat schon aufgelegt.

Bei der Kripo meldet sich ein zackiger Anrufbeantworter. Man sei gerade im Einsatz, man möge auf den AB sprechen oder eine E-Mail schreiben. Ich sage mein Sprüchlein und lege auf. Es geht langsam auf die Mittagessenszeit zu, mein Magen meldet so etwas sehr präzise. Ob mein Affenbaby nicht auch langsam Hunger hat? Und was essen – Entschuldigung – fressen Affenbabys? Ich wähle schnell die Nummer vom Zoo. Auch hier ein Anrufbeantworter – diesmal mit Papageiengeschrei im Hintergrund – man rufe außerhalb der Geschäftszeiten an und ein schönes Fest und man möge bitte zu Weihnachten keine Tiere verschenken!

Tierschutzbund, Tierheim, alle nur mit Anrufbeantworter. Nochmal Kripo, Zoo, Tierschutzbund, Tierheim. Keiner da! Wahrscheinlich sind alle unterwegs zu ihren Familienfesten oder müssen noch ein vergessenes Gewürz kaufen. Einen habe ich noch: Wir kennen eine Tierklinik im Schwarzwald, weil wir mit unserem Hund schon dort waren. Die ist zwar wahrscheinlich auch geschlossen, aber ich weiß, dass der Tierarzt oft Überstunden macht. Nach endlosem Klingeln – kein Anrufbeantworter – meldet er sich. Nachdem ich ihm die Geschichte erzählt und von meiner erfolglosen Recherche berichtet habe, ist er zu ein paar Tipps bereit. Affenbabys würden ca. 3 Jahre gesäugt, bekämen aber parallel dazu alles, was die Affenmutter auch frisst. Wie alt denn das Junge sei? fragt er. Woher soll ich das wissen? antworte ich. Also, es brauche auf jeden Fall Babyschonnahrung, bis es einem Zoo oder einer Aufzuchtstation zugeführt werden kann, meint er. Ich frage, ob er es nicht nehmen könne. Klares Nein seinerseits, er kümmere sich schon über die Feiertage um drei Katzen, zwei kranke Hunde, ein Huhn und ein Pony. Wann öffnet der Zoo wieder? ist meine nächste Frage. Vielleicht nach Weihnachten, vielleicht erst im Neuen Jahr. Ich schlucke. Hätte ich doch bloß nicht den Muskat vergessen!

Ich bedanke mich, starte den Wagen und fahre nach Hause. Auf der halbstündigen Fahrt spüre ich Unruhe in meiner Jacke. Ich beginne instinktiv ein altes Kinderlied zu summen. Es wird gleich ruhiger, allerdings läuft jetzt etwas Warmes an meinem Bauch herunter.

Da fällt mir ein, meine Familie weiß ja noch nichts! Ich muss schnell mit meiner klugen Frau telefonieren! Sie ist nicht arg überrascht, als ich ihr erkläre, dass niemand das Baby haben will, und sagt, das Thema weitere Kinder hätten wir doch eigentlich abgehakt. Sie lacht. Ich liebe sie allein schon für ihren Humor.

Zu Hause angekommen hat sich bereits alles auf die Ankunft des neuen Mitbewohners eingestellt. Der Sohn hat gegoogelt, welche Ernährung, welche Windelgröße, welche Bettchen passend sind. Die Tochter hat bereits bei der Nachbarin, die ihr Baby nicht mehr stillt, Trockenmilch, Brei und Windeln organisiert.

Alle sind deutlich freudig erregt, als ich meine Jacke öffne. Das kleine Etwas öffnet die Augen und erkennt irgendwie, dass dies keine bösen Tierhändler sind. Es guckt eine Weile jeden an. Als es merkt, dass die eigene Mutter nicht dabei ist, will es einen verzweifelten Laut ausstoßen, bringt aber keinen hervor. „Du bist ja völlig ausgetrocknet!" erkennt meine Frau sofort. Ein Fläschchen mit warmem Wasser ist schnell gemacht, es trinkt gierig und will die Flasche nicht mehr hergeben.

So langsam sickert das Thema Weihnachten wieder ins Bewusstsein. Es ist inzwischen vier Uhr nachmittags. Eigentlich ist auch alles so weit hergerichtet, dank der klugen Vorbereitung meiner Frau. Um 17 Uhr wollen wir wie jedes Jahr in die Kirche gehen. Aber was machen wir solange mit dem Affenbaby? Ich bleibe hier, sagt meine Tochter, nein ich, ruft mein Sohn, der schon letztes Jahr nicht mehr so richtig mit wollte. Kommt gar nicht in Frage, wendet meine Frau ein, schließlich sei sie die Mutter! Oh, denke ich, so schnell hat sich das kleine Tier in unsere Familie integriert. Es wird noch eine Weile gestritten, bis ich mich sagen höre: „Dann nehmen wir es einfach mit!" Staunendes Schweigen. Ich sage: „Wir füttern es, es bekommt eine Windel, und es verschwindet in meiner Jacke. Eine Dreiviertelstunde wird es das schon aushalten. Außerdem schlafen Affenbabys 14 Stunden am Tag." Es geht noch eine

Weile hin und her, aber schlussendlich wissen wir keine andere Lösung, ohne dass jemand alleine zurückbleiben muss.

Eine freudige Erregung packt uns alle. Fieberhaft wird das Baby versorgt, warm eingepackt und schmiegt sich an meine Brust, als kenne es nichts anderes. Vielleicht wirkt mein Geruch beruhigend, denke ich, als meine Frau sagt: „Vor der Bescherung könntest Du noch duschen, Du riechst etwas streng." Da fällt mir ein, dass ich noch nicht das feuchte Affenbabypipihemd gewechselt habe.

Auf dem Weg zur Kirche beginnt es leise zu schneien. Alle sind still, und wir genießen diesen gemeinsamen Moment von Weihnachten, Familie und Schnee. Auch in der Kirche ist die Stimmung anders. Nicht so ausgelassen wie letztes Jahr – eher froh, andächtig und der mächtige Stall von Bethlehem, den der Pfarrer jedes Jahr mit eigenen Händen aufbaut, trägt dazu bei. Um diese Krippe, in die locker ein fünf Kilogramm schwerer Säugling passen würde, stehen die aus grobem Holz geschnitzten Figuren. Auch das Jesuskind, es hebt segnend die Hand.

Ein mächtiger hölzerner Ochse und ein ebenso großer Esel nehmen fast die Sicht auf die Heilige Familie. Auch Schafe und Hirten tummeln sich um den Stall herum, obwohl sie ja eigentlich erst später dazu kommen. Die Holzschafe sind mit echtem Lammfell umkleidet und sehen kuschelig aus. Kinder, die noch von Ihren Eltern zur Krippe geführt werden, lassen ihre Hände über die Felle gleiten und man hört manches Oh und Ah.

Die Orgel holt uns aus unseren versonnenen Gedanken und ich befürchte, dass unser Baby geweckt wird, so wie der Organist jetzt die Register zieht. Aber es schläft in sel'ger Ruh'. Wahr-

scheinlich ist es Motorenlärm und Schlimmeres gewohnt. Auch die weiteren Lieder und die Predigt übersteht es gelassen. Erst als das Krippenspiel beginnt und helle Kinderstimmen zu hören sind, regt es sich an meiner Brust. Ich beginne ein bisschen ein Weihnachtslied zu summen und schon wird es ruhiger.

Aber kaum ist das Krippenspiel zu Ende, beginnt sich jemand in der Jacke zu räkeln und zu strecken. Ein dünnes behaartes langes Ärmchen arbeitet sich aus meiner Daunenjacke. Ist es zu warm geworden? Beginnt jetzt die Spielzeit? Ich öffne etwas die Jacke. Meine Unruhe überträgt sich auf das Äffchen. Es will herauskrabbeln. Die Nachbarn spüren meine Unruhe und in die Stille, der Pfarrer begibt sich gerade zum Altar, um den Segen zu erteilen, ruft ein Kind: „Mama, schau mal, der Mann hat einen Affen im Hemd!" Ich erstarre. Unter anderen Umständen hätte ich das stolz auf meine Brustbehaarung zurückgeführt, aber jetzt? Diesen Moment nutzt unser Äffchen um vollends hervor zu klettern. Es sitzt jetzt auf meiner Jacke, nur mit einer Pampers Größe 1 bekleidet. Was geht wohl jetzt in den Köpfen der Menschen vor sich?

Ein „Ich kann das alles erklären" wäre jetzt wohl der peinlichste Satz des Abends. Also muss eine gute Idee her. Doch mir fällt nichts ein, ich bin wie gelähmt. Gott sei Dank geht es den anderen Christenmenschen genauso, selbst der Pfarrer mit den starken Händen steht mit offenem Mund und der Bibel da. „Bibel" sage ich – und hier muss ich kurz erwähnen, dass wir in unserer Familie ganz spontan in Krisensituationen zusammen zu gedanklichen Höchstleistungen auflaufen, so wie damals, als unser Sohn die gesamte Rinderherde des Bauern „freigelassen" hatte und die Polizei vor der Haustür stand und … aber das ist eine andere Geschichte.

Auf jeden Fall sind wir jetzt ganz wachsam. „Im Orient,“ flüstert meine Tochter jetzt, als das Wort Bibel noch im Raum steht. Ich nehme das Stichwort auf. „Affen gab's in Palästina nicht!“ fügt meine kluge Frau hinzu. „Aber als Gastgeschenke von Königen,“ sagt leise meine Sohn, fast ohne die Lippen zu bewegen. Woher weiß er das? Aber es bleibt keine Zeit über die Bildung meines Sohnes zu grübeln. Mit einer Hand halte ich den neugierig um sich schauenden Affen, mit der andern Hand mache ich eine ausladende Geste und beginne zu erzählen. „Ja, liebe Kinder...äh, liebe Erwachsenen ... äh, lieber Herr Pfarrer, liebe Heilige Familie.“ Jedes Wort verschafft mir Zeit. „Im Palästina der damaligen Zeit gab es keine ...äh Affen. Aber die Bibel berichtet im Alten Testament, dass Könige aus Afrika manchmal Affen als Gastgeschenke mitbrachten – natürlich zum großen Erstaunen der Israeliten.“ Jetzt läuft's, denke ich, jetzt nur nicht aufhören, alle lauschen gespannt.

„Vielleicht kennt ihr die Legende vom vierten König, der leider das letzte Kamel verpasste, um mit den anderen Weisen mitzureisen. Und was denkt ihr, hatte er als Mitbringsel dabei?“

Über diese Wendung bin ich selbst überrascht. Dem Pfarrer fällt die Kinnlade bis auf sein Talar. Inzwischen habe ich mich wagemutig erzählend nach vorne bewegt, ich stehe nun neben der Krippe und drehe mich zur Gemeinde um. Auch unser Äffchen schaut ängstlich auf die heuer gut gefüllte Kirche. Die einzigen, die wissen möchten wie die Geschichte weitergeht, sind die Kinder. Alle Erwachsenen sitzen fassungslos in den Reihen. Gibt es eine Steigerung von fassungslos? Sie würde für meinen jetzigen Zustand gelten. Ich muss mich setzen, direkt neben ein Schaf.

Ich merke, ich habe das theologische Pulver meiner Fantasie verschossen. Ich bin verzweifelt. Gibt denn keinen Ausweg, vielleicht ein Wunder?

Doch, am Heiligabend gibt es Wunder! In diesem Moment klettert nämlich das Äffchen von meiner glatten Daunenjacke auf das Schaf neben uns mit seinem wunderweichen Lammfell. Es schmiegt sich daran, wie man sich nur an seine Mutter schmiegen kann. Es ist ein Ausdruck höchster Sehnsucht und Geborgenheit, den seine Körperhaltung jetzt ausstrahlt. Nichts kann dieses Gefühl in Worte fassen. Vom hinteren Teil der Kirche habe es sogar ausgesehen, als ob das Jesuskind segnend seine Hand über das Äffchen gehalten habe, wird später erzählt. Ein Seufzer geht durch die ganze Kirche. Alle möchten dieses kleine geschundene, aber inzwischen auch frisch geduschte, Wesen in die Arme schließen. Ich ergreife wieder das Wort. Aber nicht pathetisch wie vorher, nur mit wenigen Sätzen und mit leiser Stimme erzähle ich die Wahrheit und blicke dabei verschämt auf den Boden. Die Münder gehen zu. Hier und da wird leise geschnäuzt.

In diesem Moment ergreift der Pfarrer wieder die Initiative: „Im Stall zu Bethlehem, so einfach er auch war, hätte immer noch ein kleiner Affe Platz gehabt. Und das Herz unseres Heilands ist so groß, dass er mit der ganzen Schöpfung Erbarmen hat. Und dazu gehören schließlich auch die Tiere, gerade am Weihnachtsabend!“ Beifall brandet auf. Unser Affenbaby ist in der Kirche und in den Herzen der Menschen angekommen. Die Gemeindemitglieder fallen sich in die Arme, drücken ihre Kinder an sich, wünschen sich Frohe Weihnachten und sind ganz beseelt von dieser Weihnachtsstimmung.

Der Pfarrer gibt dem Organisten ein Zeichen. „Ihr Kinderlein kommet" erfährt nun eine ganz andere, erweiterte, neue Bedeutung.

Unserem Äfflein wird es jetzt doch etwas zu laut. Es hangelt sich zu mir herüber, krabbelt in meine Jacke und schläft sichtlich erschöpft ein. Noch ein Pfarrersegen für Mensch und Tier und bevor das Abschlussorgelspiel zu Ende geht, schleichen wir unauffällig durch den Seitenausgang in die Heilige Nacht.

Wie geht es zu Hause am Heiligen Abend weiter?

Ist das Äffchen ein Männchen oder ein Weibchen?

Was sagt der Hund zu dem neuen Mitbewohner?

Wann und an wen muss das Affenbaby zurückgegeben werden?

Warum kann man ein Affenbaby nicht einfach behalten?

Von den besonderen Ereignissen in der Nacht des 24. Dezember 1941 in Berlin

Weißt Du, wie Wunder funktionieren?

Durch Hoffnung.

Matt Haig

für Daniel, Stephan, Jan-Lukas, Janna, Rodion, Rosa und Mattes

Vorwort

In dieser Geschichte vermischen sich reale Personen und Orte mit Fiktion und Fantasie. Alle Personen hat es wirklich gegeben. Werner war der Vater des Autors. Auch das Haus in Berlin-Dahlem gibt es heute noch. Ob die Ereignisse in der Weihnachtsnacht 1941 wirklich so oder ähnlich geschehen sind? Wer weiß…

Da sind:

Werner, 16 Jahre, Einzelkind, geht aufs Gymnasium, evangelisch, groß gewachsen, schlaksig, dunkelblonde nach hinten gekämmte Haare. Ihn faszinieren die Naturwissenschaften und logisches Denken. Er liest viel, lernt leicht Sprachen und ist wegen seines scharfen Verstands in der Schule nicht nur beliebt. Mit seinem Charme macht er das aber wieder wett.

Max Eugen, sein Vater, 57 Jahre, Kaufmann, Jude, etwas kleiner als sein Sohn, aber stattlich, stets im Anzug mit Weste, schwarze Haare, streng zur Seite gekämmt, kleines Oberlippenbärtchen, so wie viele Männer in der damaligen Zeit. Er praktiziert seine Religion nicht. Er ist modern, weltoffen und liberal. Im 1. Weltkrieg wurde er als Soldat ausgezeichnet. In den 20er Jahren übernimmt er eine Manufaktur für Damenoberbekleidung, die er erfolgreich weiterführt. Er ist ein guter Arbeitgeber für viele Schneiderinnen, die ihre Arbeiten meist zu Hause durchführen können. Anfang des 2. Weltkrieges lässt man ihn als Juden noch in Ruhe, da seine Produktion als „kriegswichtig" gilt. Außerdem lebt er in einer „privilegierten Mischehe"[0] mit

Margarethe, 43 Jahre, Kauffrau, evangelisch. Eine schlanke, großgewachsene, dunkelblonde Frau mit gewellten Haaren. Sie hält nicht nur Haus, Garten und Firma zusammen, sondern behütet die ganze Familie mit ihrer diplomatischen und umsorgenden Art. Sie hat eine besonders innige Beziehung zu ihrem Sohn Werner.

Helmut, 36 Jahre, Margarethes Schwager, dunkle, schon etwas lichter werdende, streng nach hinten gekämmte Haare, Brille, und immer eine Zigarre im Mund. Ein waschechter Berliner. Tritt 1933 in die NSDAP ein, weil er hofft, dass die Nationalsozialisten für Ordnung und Vollbeschäftigung sorgen. Er wird aber schnell enttäuscht, vor allem, als alle Verbände, Vereine, Organisationen „gleichgeschaltet" oder verboten werden. Er sieht sich als Freigeist, setzt sich für Denk- und Redefreiheit ein. Als dann aber Andersdenkende, Juden, Sinti und Roma und Kommunisten verfolgt, und Behinderte systematisch ermordet werden, wendet er sich von den Nazis ab. Er behält allerdings sein Parteiabzeichen, weil es ihm und seiner Familie noch nützlich sein könnte, wie wir später noch sehen werden. An seiner Seite begleitet ihn

Charlotte, genannt „Lotte", 46 Jahre, die Schwester von Margarethe. Sie ist klein, hat lange schwarze Haare, die sie oft zu abenteuerlich aussehenden Frisuren türmt. Zu ihrem Bedauern hat sie keine Kinder, sodass sie ihre ganze Liebe Werner schenkt. Ihr Herz ist so groß, zu groß für eine so kleine Person, dass es regelmäßig unregelmäßig schlägt.

Baltasar - ein afrikanischer Diplomat?

Zwei Polizisten; zwei Gestapomänner

„Ich hasse Weihnachten!" ruft Werner in den dunklen Flur und in den Treppenabgang des Elternhauses in Berlin. Niemand kann ihn hören, Vater und Mutter sind in der Firma, er ist allein zu Hause und müsste eigentlich Hausaufgaben machen. Werner ist im Sommer sechzehn Jahre alt geworden. Er ist jetzt schon groß für sein Alter. Seine Augenbrauen sind dunkler und verleihen ihm ein älteres und ernstes Aussehen. Er trägt am liebsten kurze sportliche Hosen, aber jetzt, in dieser ersten kalten Dezemberwoche, geht das nicht mehr. Er gehört eigentlich zu den zurückhaltenden, besonnen Jugendlichen. Aber jetzt ist er total außer sich:

Es ist Krieg.

Sein Onkel Theodor ist im KZ.[1]

Die ersten Bomben sind auf Berlin gefallen.[2]

Es ist ein kalter Dezembertag.

Seine Freundin ist weg.

Und er weiß nicht, was er allen schenken soll.

Weihnachten hat ihm immer viel bedeutet. Obwohl sein Vater mosaischen, seine Mutter evangelischen Glaubens ist, haben sie immer mit Weihnachtsbaum, Krippe, Geschenken und mit Liedern am Klavier gefeiert. Doch diesmal ist alles anders. Eine tiefe Traurigkeit erfasst ihn. Was hat Weihnachten noch für einen Sinn, wenn die ganze Welt in den Abgrund rast? Was hält das Leben noch für mich bereit? fragt er sich.

Bald soll er sein Abitur machen. Aber geht das denn als „Halbjude"? Er ist zwar ein sehr guter Schüler. Vor allem die Naturwissenschaften interessieren ihn. Im Keller macht er chemische Experimente, bei denen alle hoffen, dass nichts in die Luft fliegt. Aber was kann aus ihm in einem „Dritten Reich" werden? Etliche seiner jüdischen Verwandten sind ins Ausland geflüchtet. Von anderen hört man Schlimmeres. Seine Zukunft malt er sich in düsteren Farben aus.

Bisher hat er sich immer auf die Weihnachtszeit gefreut. Und nun ist seine Freundin Ruthild, die Nachbarstochter, einfach weg. Verschwunden. Ohne etwas zu sagen, kein Briefchen, kein Telefonat, nichts. Er traut sich nicht ihre Eltern zu fragen, weil diese sehr streng und treudeutsch sind und von dem „Judengesochs" in der Nachbarschaft nichts halten. Aber Tante Lotte, die immer einen Weg findet, hat beim Einkaufen Ruthilds Mutter getroffen und erfahren, dass sie jetzt auf einem Internat an der Ostsee sei, wo man ihr „gute deutsche Manieren" beibrächte. Ruthild ist nämlich, wie man so sagt, frühreif. Das kam so:

Werner und Ruthild haben sich meist im Garten hinten am Zaun getroffen. Sie verstanden sich schon als Kinder gut, sind sich als Jugendliche näher gekommen und haben sich dann immer wieder mal, wenn die Eltern nicht da waren, durch den Zaun hindurch geküsst und Briefchen ausgetauscht. Als Ruthild dann eines Tages am Zaun mit dem Wintermantel erscheint und diesen öffnet, hat sie nichts darunter als ein durchsichtiges Nachthemd, das sie von ihrer Mutter „geliehen" hat. Werner hat das schlaflose Nächte beschert. Ein weiteres Mal trägt sie noch weniger unter dem Mantel. Ausgerechnet da kam ihr Vater in den Garten gestürmt. Seither hat Werner Ruthild nicht mehr gesehen und nichts mehr von ihr gehört. Er geht die Treppe mit den dunklen Läufern hinunter ins Wohnzimmer, setzt sich ans Klavier und spielt eine traurige Melodie. Aber es hilft nichts, Weihnachten rückt unaufhaltsam näher.

Und dann ist es doch soweit. Er hat Geschenke gebastelt. Sein Onkel Helmut stellt einen hohen Baum auf, seine Mutter schmückt ihn traditionell mit viel Lametta. Die Krippe darf Werner aufbauen und sogar mit elektrischer Beleuchtung versehen. Man zieht sich „ordentlich" an. Alles ist bereitet für das festliche Ereignis. Onkel Helmut und Tante Lotte sind wie immer eingeladen und bleiben auch meist über Nacht. Es gibt festliches Essen, es gibt Geschenke, und es gibt für Max und Helmut Zigarren. Vor allem Tante Lotte sorgt immer dafür, dass sich alle wohlfühlen und verwöhnt ihren Neffen Werner, wo sie nur kann.

Auch wenn sonst keiner von ihnen eine Kirche oder Synagoge besucht, Weihnachten gehen sie in den Weihnachtsgottesdienst, mal in einer katholischen, mal in einer evangelischen Kirche. Diesmal ist es die St. Annen-Kirche in Dahlem. Sie liegt nicht weit entfernt. Allerdings ist sie seit 1937 unter ständiger Beobachtung der Gestapo, weil dort Pfarrer Martin Niemöller[3] den Widerstand in der Evangelischen Kirche gegen die nazitreuen „Deutschen Christen" organisiert hat. So ist der Besuch dieser Kirche immer mit einem gewissen Risiko verbunden, da Vater Max seinen gelben Stern nicht trägt.

Nach dem Schlusslied flüstert Werner seiner Mutter zu: "Ich will noch ein paar Minuten für mich sein – lauft ohne mich nach Hause." Seine Mutter will noch etwas erwidern, aber da hat er sich schon aus der Kirche geschlichen.

Es hat zu schneien begonnen. Dicke Flocken fallen sanft vom Himmel, legen einen weißen Mantel über die deutsche Hauptstadt. Alles klingt gedämpft. Ziellos wandert er über den Markt und durch die Gassen. Allerdings ist nicht jedes Haus still erleuchtet, nichts sieht festlich aus, da nach den ersten Bombennächten Verdunkelung angeordnet ist. Auch die Scheinwerfer der Autos und der Fahrräder sind abgedeckt und mit dünnen Schlitzen versehen worden.

Gedankenverloren schreitet er mit schnellen Schritten voran, damit ihm nicht kalt wird. Eine schwarze Limousine fährt langsam an ihm vorbei und dann ein zweites Mal, als ob sie etwas suche. Als sie wendet, kommt sie plötzlich mit hoher Geschwindigkeit direkt auf ihn zu. Polizei? Gestapo? fährt es ihm durch den Kopf. Wenn die ihn jetzt festnehmen oder mit ihm nach Hause fahren, dann ist sein Vater in großer Gefahr. Ohne viel nachzudenken springt er durch ein Loch in der Hecke, die die Domäne Dahlem[4] umgibt.

Er kennt sich hier aus, die Gegend ist Teil seines Schulwegs zum Arndt-Gymnasium. Hinter der Hecke verläuft ein schmaler Wirtschaftsweg. Er hastet auf ein längliches scheinbar verlassenes Gebäude zu. Stallungen? Der Wagen hat inzwischen gehalten, ein Suchscheinwerfer flammt auf. Die Hecke zerschneidet den Strahl in viele scharfe Lichtbündel. Eine raue befehlende Stimme: „Halt, sofort stehen bleiben!" Er hetzt um das Gebäude herum, rutscht im Neuschnee aus. Hoffentlich haben sie keine Hunde dabei, denkt er. Er rappelt sich auf, will weiterflüchten, da packt ihn eine große Hand von hinten, eine andere hält ihm den Mund zu. „Jetzt ist es aus", denkt er sich. Doch da wird er in einen Kellereingang gezogen. Die Hand ist warm und riecht merkwürdig – nach fremden Gewürzen. Draußen stapft eine dunkle uniformierte Gestalt vorbei, leuchtet mit einer Taschenlampe hektisch umher, scheint aber wie mit Blindheit geschlagen zu sein und ruft laut und ärgerlich: „Hier ist niemand!" Sekunden später springt ein Motor an, das Auto entfernt sich wieder.

Werner kann es nicht fassen, warum hat ihn der Gestapo-Mann nicht gesehen? Aber ist er jetzt vom Regen - besser vom Schnee - in die Traufe gekommen? Er dreht sich um und starrt in ein schwarzes Gesicht. Schneeweiße Zähne zischen ihn an: „Gut oder böse?" Er stottert: „Gut!" Der Mann lässt ihn los. Ein waschechter Afrikaner steht vor ihm! Die Hand des Mannes lässt ihn los. „Wie heißt du?" Er schluckt: „Äh, Werner".

„Gut. Ich bin Baltasar Mboo Dodoo. Du kannst Bal sagen. Ich komme aus München." Er spricht astreines Hochdeutsch mit leicht bayrischem Einschlag. Mit wenigen Worten und vielen Gesten erzählt er Werner, dass er Gesandter aus Togo sei. Er habe in München studiert. Sein Land habe mit den deutschen und italienischen Nazis kollaboriert. Nun sei es aber in Ungnade gefallen. Er hatte in Berlin einen Auftrag zu erledigen. Man habe ihm aber den Diplomatenpass und sämtliche anderen Dokumente genommen. Er sei geflohen, bevor sie ihn ins Gefängnis werfen oder Schlimmeres tun konnten.

Werner sieht wie der Mann zittert. Ihm selbst ist auch kalt geworden. So sagt er ohne nachzudenken: „Komm mit zu uns ins Warme!" Baltasar nimmt noch schnell seinen Rucksack und schon schleichen sie auf abgelegenen Wegen, die Werner gut kennt, zu seinem Elternhaus. Der immer dichter fallende Schnee deckt hinter ihnen gnädig die Spuren zu. Es ist niemand mehr unterwegs an diesem Heiligen Abend. Über den Garten-

zaun erreichen sie Werners Haus. In der Eingangsdiele klopfen sie sich den Schnee von der Kleidung und schauen sich zum ersten Mal genauer an. Werner ist überrascht, dass Baltasar schon die 40 überschritten hat. Dieser bemerkt erst jetzt, dass Werner ein ganz junger Mann ist. Und Werner überlegt gerade, wie er seinen Gast vorstellen soll, als Tante Lotte aus dem Wohnzimmer in den Flur kommt mit einem Tablett, auf dem sich Gläser und eine Karaffe befunden *haben*, denn diese sind bereits im freien Fall. Sie zerschellen unter großem Klirren auf dem Boden. Vater, Mutter und Onkel Helmut stürzen herbei, blicken auf den Boden, dann zu Werner, dann zu dem neuen Besucher.

Bevor einer etwas sagen kann, platzt Werner heraus: „Darf ich vorstellen – das ist Bal, also eigentlich Baltasar, einer der Heiligen Drei Könige!" Baltasar macht eine Verbeugung, was eigentlich nicht zu einem König passt, aber diese Bewegung ist so überzeugend und feierlich, dass alle ebenfalls eine Verbeugung andeuten.

„Friede sei mit euch und fürchtet euch nicht!" fügt er mit kraftvoller Stimme und einem Schmunzeln hinzu. Das findet Helmut so komisch, dass er losprustet und sich auf den Schenkel schlägt vor Lachen: „Na, dann kommse ma rein, Majestät!"

Während Onkel Helmut Baltasar ins Wohnzimmer zieht, gießt sich Max erst mal kopfschüttelnd einen großen Cognac ein. Inzwischen helfen Margarete und Werner Tante Lotte beim Auffegen der Scherben. Sie fragt: "Mein Gott Werner, wo hast Du denn den Neger[5] aufgelesen?" Werner weiß genau, wie er seine Tante besänftigen kann: „Der Baltasar war lange unterwegs. Und dann die Kälte – er hat bestimmt Hunger und Durst."

Hunger und Durst sind Schlüsselworte für Lotte, die gerade ihre in Unordnung geratene Frisur wieder nach oben steckt. Egal was sonst für Umstände sind, Hunger und Durst müssen zuerst gestillt werden! Ohne weitere Fragen stürzt sie in die Küche, um für den neuen Gast etwas zuzubereiten.

Inzwischen hat im Wohnzimmer Baltasar einen Stuhl neben dem Weihnachtsbaum zugewiesen bekommen und sitzt dort mit seiner zerschlissenen Kleidung auf der Stuhlkante, als ob er gleich wieder fliehen müsste. Mit einer Tasse dampfendem Kaffee, nachdem er Cognac und Wein von Max abgelehnt hat, geht es ihm scheinbar schon besser. Werner erzählt, wie er Bal kennengelernt hat. Danach schauen alle erwartungsvoll den schwarzen Mann an. Baltasars Gesicht glättet sich und er beginnt mit leiser melodischer Stimme zu erzählen. Er sei wirklich aus altem königlichen Geschlecht. Sein Vater, ein König der Ashanti, sei beim Militär der Britischen Besatzung in Togo und Ghana in Ungnade gefallen, weil er nicht mit ihnen kooperieren wollte.[6] Er selbst sei mit einem Auftrag hier.

Alle schauen betroffen. Das scheint unglaublich. „Wie können wir Ihnen helfen?" fragt Max.

Er wolle seinen Auftrag ausführen. „Ihr könnt mir helfen, wenn ich heute Abend bei euch bleiben darf," meint er mit geheimnisvoller Stimme.

„Natürlich!" entfährt es Margarete und alle nicken kräftig mit dem Kopf. Dann wechselt sie das Thema. Sie fragt neugierig: "Begeht ihr denn auch Weihnachten in Togo?"

„Wer in Togo zu einer christlichen Kirche oder Gemeinschaft gehört, feiert auch Weihnachten", antwortet Baltasar. „Allerdings ‚begehen‘ wir Weihnachten nicht, sondern wir *tanzen* Weihnachten und machen viel Musik dazu. Wir kennen auch keinen Weihnachtsbaum, aber wir haben eine selbst gebaute Krippe. Wer mag, legt etwas vor das Jesuskind, vor Maria und Josef in die Krippe hinein. So...“ Er streift ein einfaches, dünnes, schwarzes Lederarmband von der Hand und bettet es in den Stall unter dem Weihnachtsbaum. „Wer nichts hat, legt einen Wunsch, eine Bitte oder ein Versprechen hinein. Ein kleiner Junge, nämlich ich“, er lächelt, „hat auch schon mal für das Jesuskind getrommelt.“[7] Alle schauen ungläubig.

Da geht Baltasar hinaus und kommt mit seinem Rucksack wieder. Daraus zieht er eine Trommel. Sie besitzt einen länglichen hohlen Holzkorpus, ist grob behauen und mit Ziegenfell an beiden Öffnungen bespannt. „Wir feiern nicht in den Hütten oder nur mit der Familie,“ fährt er fort, „sondern das ganze Dorf kommt auf dem Platz in der Mitte, wo ein Feuer brennt, zusammen. Der Priester aus der nächsten Stadt oder der Älteste im Dorf erzählt die Geschichte aus dem Lukasevangelium, aber mit eigenen Worten. Die Kinder drängen sich an ihre Mütter oder Väter und hören mit großen Ohren und weiten Augen zu. Und zwischendurch trommeln wir, wenn es spannend wird.“

(Hier muss jetzt langsam das Lese- oder Vorlesetempo gesteigert werden!)

Er berührt ganz zart mit den Fingerspitzen das Trommelfell. Sein Gesichtsausdruck verändert sich, er scheint wieder zu Hause in Afrika zu sein. Nun beginnt er zu erzählen, so wie es der Dorfälteste tun würde.

Die Kerzen im Raum beginnen zu flackern, als Josef und Maria sich mit dem Esel auf die beschwerliche Reise nach Bethlehem machen. Langsam steigern sich mit jedem Schritt, den das traute Paar geht, Lautstärke und Tempo auf der Trommel. An den Wänden des Wohnzimmers verwandeln sich die Schatten vom Kerzenlicht in Palmen. Schließlich gelangen Josef und Maria nach Bethlehem, wo sie zuerst keine Herberge finden, was die Dorfbewohner mit empörten Zwischenrufen quittieren. Manche rufen gar: "Maria, komm zu uns! Josef, in unserer Hütte ist noch Platz!" Aber schließlich finden sie den Stall, und das Jesuskind wird geboren – einige Mütter stoßen dazu rhythmische hohe Schreie aus – Kinder klatschen in die Hände.

Baltasars Stimme wird ebenfalls lauter, seine Trommel scheint ein Eigenleben zu entwickeln, seine Hände wirbeln über das Trommelfell. Und obwohl in die Gesichter von Max, Margarethe, Helmut, Lotte und Werner eine Mischung aus Staunen und Entsetzen geschrieben steht über das Unfassbare, was da gerade in ihrem bürgerlichen Wohnzimmer geschieht, beginnen sie mit den Füßen zu wippen. Baltasar gerät langsam in eine Art Trance.

Da - das Neugeborene, der Heiland ist geboren, er wird der Mutter auf den Bauch gelegt, alle Dorfbewohner jauchzen vor Freude, umarmen sich, sie drücken kleine Kinder an sich. Aber das Trommeln hat noch nicht seinen Höhepunkt erreicht! Jetzt erscheinen die Engel den Hirten, nein, nicht mit Posaunen, mit weiteren Trommeln, Rasseln, Schellen, sie bringen die Botschaft in immer wiederkehrenden Rufen: „Der Retter ist da!" Sie sagen nicht das übliche Fürchtet-Euch-nicht, sie rufen: "Kommt, bewegt euch, lauft, springt, tanzt - zum Stall!"

Inzwischen sind auch im Berliner Wohnzimmer alle aufgesprungen, sie wissen nicht, wie ihnen geschieht. Ihre Schatten an der Wand vermischen sich mit Schatten aus einer anderen Welt. Hütten erscheinen auf den Tapeten. Baltasar bewegt sich hin und her, die Trommel zwischen die Knie geklemmt, Schweiß läuft ihm über das Gesicht, sein Hemd ist nass, Werner klatscht in die Hände, schüttelt im Rhythmus den Kopf, die Haare fallen ihm ins Gesicht, Margarethe und Max werfen Jackett und Wolljacke von sich, fassen sich mit den anderen Dorfbewohnern bei den Händen, Helmut und Lotte werden vom Rhythmus mitgerissen, sie tanzen zusammen mit den Hirten durchs Zimmer und …

… in diesem Moment klingelt es schrill an der Haustür! Alle verstummen sofort und schauen sich erschrocken an. Zum einen wegen dem, was da gerade mit ihnen passiert ist, zum anderen, weil Max vor Angst ganz blass wird. Wer könnte das sein? Max sollte sich schon ein paar Mal in den vergangenen Wochen bei der Gestapo melden. Hat es aber nie getan und sich immer mit Geschäftsreisen entschuldigen lassen. Es klingelt wieder – etwas länger und dringlicher diesmal. Margarethe geht zur Haustür und öffnet. Tatsächlich stehen da zwei Polizeibeamte in Uniform vor der Tür: „Heil Hitla und frohet Fest!“ (Das Wort Weihnachten dürfen sie nicht mehr sagen.[8])

„Wir sind jerade auf Streife untawegs und ham Lärm bei Ihnen jehört. Allet in Ordnung?“

Da erscheint Baltasar noch mit Trommel in der Hand und schweißnassem Gesicht hinter Margarethe. Er will nicht, dass seinen Gastgebern etwas passiert, er will sich notfalls stellen, verhaften lassen: „Ich kann Ihnen alles erklären…“ sagt er mit fester Stimme. Die Polizisten machen große Augen. Nun erscheinen hinter Baltasar plötzlich Helmut und Max mit Beduinenschals auf dem Kopf und einem weißen Bettlaken, das sie sich übergeworfen haben. Helmut hat das Laken noch so drapiert, dass man sein schnell angestecktes Parteiabzeichen gut sieht.

„N'abend, die Herren Wachtmeester, ick hoffe wir wa'n nich zu laut." Nun klappt den beiden Polizisten auch noch der Unterkiefer herunter. Margarethe schnappt nach Luft.

„Ja", fährt Helmut fort. Wenn er mal in Schwung ist, kann er richtig gut mit den Leuten: „Wir proben jerade für det Krippenspiel im morjigen Weihnachtsjottesdienst! Und wir mimen die dree Weisen ausm Morjenland."

Die Polizisten schauen verblüfft von einem Weisen zum anderen – und – es muss ein Wunder sein: sie schließen ihre Münder, ein verstehendes Lächeln wandert über ihr Gesicht. „Ahhh," sagt der eine. Der andere sagt: „Na, den Neger[5] habta ja jut hinjekricht!"

Alle nicken. Eine kurze Pause entsteht.

„Also dann, nich' mehr so laut und nochn schön' Abend und Heil Hitla!" Alle murmeln ganz verdattert „Heil Hitler." Und die Beamten rücken ab. Margarethe schließt die Haustür und lehnt sich von innen mit dem Rücken dagegen und lässt einen großen schweren Seufzer hören.

Baltasar fragt verduzt: "Wo habt Ihr denn die Beduinenkleidung her?"

Max antwortet: „Hier im Flur in der Truhe bewahren wir unsere Karnevalskostüme auf. Helmut hatte die Idee." Dieser grinst breit und entfernt schnell wieder sein Parteiabzeichen. Da ruft Werner aus dem Wohnzimmer: „Kommt schnell, Tante Lotte geht's nicht gut!" Alle laufen ins Wohnzimmer, wo Lotte auf dem Boden liegt. Sie greift sich ans Herz, verdreht die Augen und atmet schwer. Sie hatte schon öfter Herzprobleme, und heute Abend war die Aufregung wohl gar zu groß. Max fühlt ihren Puls: „Ganz schwach und unregelmäßig! Helmut, ruf sofort den Arzt!"

„Wartet!" Baltasar hat sich neben Lotte gekniet. Er legt seine Hand auf ihre Brust. Jetzt muss man wissen, dass Lotte einen ziemlich riesigen Busen hat. Dort mit gutem Gewissen eine Hand zu platzieren, ist nicht einfach. Aber es gelingt Baltasar ohne Scheu. Da öffnet Lotte ihre Augen. Und als sie den Kopf hebt und die riesige schwarze Hand auf ihrer Brust sieht und spürt, fällt sie endgültig in Ohnmacht. Alle halten den Atem an. Baltasar lässt aber seine Hand liegen, richtet den Blick zur Krippe und schließt dann die Augen. Er wirkt ganz konzentriert und fokussiert. Bange Momente vergehen. Max, der die Hand von Lotte gehalten hat, atmet als erster weiter und sagt: „Der Puls ist wieder da - und normal." Jetzt atmen auch die anderen aus. Während die benommene Lotte mit einem Melissentee ins Bett gebracht wird, fragt Werner, der sich schon wieder gefasst hat: „Baltasar, wie hast Du das gemacht?"

„Das war keine Zauberei", antwortet ihm Baltasar, „in Afrika haben wir ein anderes Verständnis von Heilen. Die Europäer vertrauen auf Medikamente und Geräte. Die Afrikaner haben sich alte, weise Heilmethoden und einen festen Glauben bewahrt."

Nachdem bis auf Lotte alle wieder im Wohnzimmer um Baum und Krippe versammelt sind, tritt eine tiefe Stille ein. So müssen sich die Hirten damals in dem Stall gefühlt haben, als sie von tiefer Ehrfurcht ergriffen, vor dem Jesuskind knieten. Die Grenzen in den Köpfen und in den Herzen lösen sich auf. Der Jude Max, die evangelische Margarethe, der Atheist Helmut, der Agnostiker Werner und der katholische Baltasar, sie vereint ein tiefes Erleben dieser Heiligen Nacht.

Nach einer ganzen Weile stimmt Baltasar ein Lied in einer fremden Sprache an. Die Melodie aber erkennt jeder: „Stille Nacht, heilige Nacht", und jeder summt mit, versunken, gedankenleer und doch von einer unbestimmbaren Freude erfasst. Und als ob alle den gleichen Impuls gehabt hätten, legen sie die Arme umeinander. So stehen sie still um die Krippe. Baltasar denkt an seine Familie in Togo, seine Frau, seinen Sohn, der auch gerade 16 geworden ist. Er lässt seinen Tränen freien Lauf. Auch den anderen steigen Tränen in die Augen. Sie denken an vermisste Verwandte, an Gefallene, an Freunde in Gefängnissen und Lagern ... und Werner fragt sich, wie es wohl gerade Ruthild geht, wo sie Weihnachten feiert, und ob sie an ihn denkt?

Es ist spät geworden. Die Kerzen sind heruntergebrannt. Alle fühlen sich müde und schwer und wollen sich nur noch in ein Bett fallen lassen. Während Baltasar von Margarethe ein Gästebett zugewiesen bekommt und Max ihm noch ein paar Kleidungsstücke schenkt, wirft Werner einen letzten Blick in die Krippe. „Was hätte ich dort hineingelegt?" denkt er noch, bevor auch er sich zur Ruhe begibt.

Am nächsten Vormittag, es ist der 1. Weihnachtsfeiertag, alle haben lange geschlafen, und nach und nach versammeln sie sich gähnend um den Frühstückstisch im Wintergarten. Werner blinzelt in die Sonne, die sich verschämt durch ein paar Wolkenschleier zeigt. Schnee glitzert auf den Bäumen im Garten. Ein paar Flocken suchen noch einen Platz, wo sie landen können. Es ist ganz still und friedlich draußen. Jeder wünscht sich diesem Frieden trauen zu können. Jeder hofft auf ein baldiges Ende des Krieges, hofft, dass die, die jetzt draußen in fremden Ländern in Gräben liegen, bald heim kommen können. Man reibt sich die Augen. Die Weihnachtsmorgenstimmung ist noch geprägt von den Erlebnissen der letzten Nacht.

Was ist da eigentlich passiert? Und wer war dieser schwarze Mann? Wie geht es Tante Lotte?

Lotte ist wieder wohlauf. Ihr Gesicht sieht rosig und gesund aus. Sie fragt in die Stille, was denn der Gast aus Afrika wohl frühstücken mag. „Ja, wo ist Baltasar eigentlich?" ruft Margarethe. Werner wird geschickt, um am Gästezimmer zu klopfen. Atemlos kommt er nach einer Weile zurück: „In seinem Zimmer ist er nicht, das Bett ist unberührt. Ich habe im ganzen Haus gesucht – er ist nirgends zu finden!" Nun machen sich alle auf die Suche. Selbst im Luftschutzraum, den jedes Haus inzwischen vorweisen muss, ist Baltasar nicht zu finden. Als jeder wieder im Wintergarten angekommen ist, sagt Werner: "Ich habe auch im Garten geschaut. Nichts. Und..." er zögert einen Moment, „...es gibt auch keine Spuren im Schnee, die vom Haus wegführen!" Alle schauen sich verwundert an.

Trommelte da wirklich ein schwarzer afrikanischer Mann gestern in ihrem Wohnzimmer? Haben sie wirklich getanzt? Warum ist die Polizei wieder unverrichteter Dinge abgezogen? War ihnen nicht warm ums Herz geworden, als sie mit Ihm zusammenstanden?

Werner geht zur Krippe. Da liegt es, das Jesuskind. Es streckt ihm seine winzigen Arme entgegen. In den Händen hält es ein kleines, dünnes Lederband. Und Werner sieht im Tageslicht etwas glänzen. Er beugt sich hinunter: an dem Lederband hängt ein kleines goldenes Krönchen.

0. Die Ehe zwischen Juden und Nichtjuden. Da der Begriff „privilegierte Mischehe" sehr komplex ist, siehe hierzu den Artikel „Mischehe (Nationalsozialismus)" bei Wikipedia.

1. Theodor, der Bruder von Max, wird 1943 wegen seines jüdischen Glaubens im KZ Ausschwitz ermordet.

2. Die ersten Bombenangriffe auf Berlin erfolgen bereits 1940, die schwersten beginnen 1943.

3. Pastor Martin Niemöller gründet den „Pfarrernotbund", um sich gegen den Einfluss der Nazis in der Kirche zu wehren und zu verhindern, dass Pfarrer mit jüdischen Wurzeln ausgeschlossen werden. Er ist allerdings im Widerstand auch nicht unumstritten (siehe Wikipedia).

4. Domäne Dahlem – ursprünglich ein landwirtschaftlicher Betrieb mit Pferdezucht usw. Danach sehr wechselhafte Geschichte.

5. Das Wort „Neger" hatte ursprünglich keine negative Wertung, denn es bedeutet „Schwarzer". Allerdings bekam es schnell rassistischen Charakter, als man begann Lehren von minderwertigen und höherwertigen Rassen zu entwickeln und zu verbreiten. (siehe Wikipedia)

6. Das Ashantireich hatte in der Vergangenheit oft gegen die Britische Besatzung in Togo und Ghana gekämpft. So schien es den Deutschen ein möglicher Verbündeter zu sein. Aber die Ashanti wollten nicht mit Nazideutschland kooperieren. Es gab von Deutschland aus Bestrebungen einen langjährigen Kenner

Togos und Ghanas einzubeziehen. Es handelte sich dabei um Adolf Friedrich von Mecklenburg, Großwildjäger und ehemaliger Gouverneur von Togo. Aber inzwischen hatte Deutschland die Westafrika-Option aufgegeben, weil es sich intensiv in Nordafrika einsetzte (Rommel).

7. Das Lied „Der kleine Trommlerjunge" („Parampampampam") erzählt die Geschichte eines armen Jungen, der es sich nicht leisten kann, dem neugeborenen Jesus ein Geschenk zu machen und daher mit dem Einverständnis von Maria für das Kind auf seiner Trommel spielt. Auf wundersame Weise scheint das Neugeborene dies zu verstehen und lächelt ihn dankbar an.

Komponiert und getextet wurde das Lied unter dem ursprünglichen Titel *The Carol of the Drum* im Jahr **1941** von Katherine K. Davis. (Quelle: Wikipedia)

8. Die Nationalsozialisten versuchten schon bald nach der Machtergreifung den Einfluss der Kirchen zurückzudrängen. Alles Jüdische und dann auch alles Christliche sollte aus dem Weihnachtsfest ausgemerzt und durch germanische Traditionen ersetzt werden. Ein sehr interessanter Artikel dazu findet sich bei Wikipedia unter „Nationalsozialistischer Weihnachtskult".

Besonderer Dank gilt meiner Frau Margarita, meiner Schwester Elke und meiner Nichte Jule für Anregungen, Hinweise und Tipps.

Möchten Sie noch mehr weihnachtliche Geschichten lesen?

Im Verlag BoD ist mein Roman erschienen:

„Es waren keine Könige"

Was wäre, wenn die Hl. Drei Könige gar **keine Könige** waren? Auch **keine drei** und auch **keine Männer?**

In einem phantasiereichen Weihnachtsroman erzähle ich Begebenheiten, die sicher so nicht passiert sind, aber vielleicht hätten geschehen können:

Zuletzt wurde der Schrein im Kölner Dom, in dem die Gebeine der Hl. Drei Könige ruhen sollen, 1864 geöffnet. Beim erneuten Öffnen heute (das ist natürlich fiktiv in diesem Roman), stellt man mit einer DNA-Analyse der Reliquien fest, dass es sich um die Gebeine von 4 Frauen handelt! **Hier erzähle ich ihre Geschichte!**

Sie handelt von 4 Frauen und 4 Lebensentwürfen in der Gegenwart in Süddeutschland - und parallel dazu von 4 Frauen in Palästina in der Zeit kurz vor Jesu Geburt.

Von Träumen, Visionen und einer besonderen Sternenkonstellation geleitet, machen sich die Frauen im Altertum auf den Weg ins Ungewisse. 4 Männer begleiten sie dabei, weil Frauen damals nicht alleine reisen konnten. Sie erweisen sich als starke Verbündete bei ihren Abenteuern. Auch die Liebe findet dabei so manches Herz.

In der Neuzeit finden 4 Frauen von "Zufällen" geleitet auf einem abgelegenen Schwarzwaldhof bei einer weisen Psychologin zueinander.

Aber wie, wo und wann kommen die ungleichen Frauen von heute und damals zusammen? Wie schlagen sie die Brücke über Raum und Zeit?

Dem Autor gelingt es, langsam und unaufhörlich die Lebensfäden dieser Frauen miteinander zu verweben. Unterwegs bestehen die Frauen und Männer etliche spannende Episoden, bis sie in einem **fulminanten und feurigen Finale** für kurze Zeit zusammenstoßen. Es soll ihr ganzes Leben verändern.

Nebenbei erfahren wir, was dem Kind in der Krippe wirklich geschenkt wurde. Außerdem wird erzählt, wie das Jesuskind in Wahrheit vor König Herodes gerettet wurde.

Offen bleibt am Schluss nur eine Frage: Wie gelangten die Gebeine dieser vier außergewöhnlichen Frauen von damals in den Kölner Dom?

Erhältlich als Taschenbuch <u>in jeder Buchhandlung</u>, <u>direkt beim Verlag BoD</u> oder bei <u>Amazon</u>. Als Taschenbuch, E-Book und Kindle. Auch über Instagram, Facebook und LinkedIn bestellbar.

Weitere Romane unter:

www.markwald.com

Cover erstellt mit Hilfe von Microsoft Image Creator